つむじ風に巻き上げられて

安酸 敏眞 著
YASUKATA Toshimasa

共同文化社

はしがき

　1970 年に大学に入学してから、はや半世紀以上が過ぎた。この間、若干の中断はあったものの、ほぼ一貫して大学と名のつくところに身を置いてきた。2017 年度からは学長として（本年 6 月の途中からは、学校法人の理事長も兼務する形で）、約 8300 名の学生が就学する大学の教育行政全般に責任をもっている。その立場からわが国の大学教育の現状を省みるとき、忸怩たる思いがしてならない。人格の陶冶とか真理の探究などはほぼ死語となり、大学の現場で語られることはなきにひとしい。大学改革の名のもとに、目に見える成果、第三者評価、官産学協同などが要請され、良い意味でのアカデミズムの橋頭保は、すっかりその足場を崩されている。果たしてそれでよいのだろうか？　入学式や卒業式を除けば、学生たちに直接語りかける機会がなくなった今、せめて書物を通じて語りかけることができればと考えて、このような随筆・回想・抱負からなる一書を編むことにした。

　かつては内なるデーモンに突き動かされて、修行僧のように研究に打ち込んできた自分であったが、いまではそのデーモンも飼い馴らされておとなしくなった。還暦を過ぎたあたりから体調にも心境にも変化が生じ、古稀が近づくにつれて自分の人生を振り返ることが多くなってきた。The sense of an ending?　自らの生が終焉に近づいてきていることの予感であろうか。

　これまでの歩みを振り返ってみると、絶えず自分を突き動かしてきたのは、真理探求／探究の内発的な衝迫であった。若き日の求道（真理探求）の衝動は、学問的研鑽を重ねて研究（真理探

究) へと深化してきた。しかしその途上で幾度も困難に遭遇し、挫折したり軌道修正を余儀なくされたりした。それでも志だけは曲げずに何とか歩み続けてきた。

　書名の「つむじ風に巻き上げられて」には、旧約聖書の心象を借りて、神の圧倒的な力に支配された激動の生が暗示されている（詩篇 58：9、イザ 40：24、エレ 23：19、ダニ 11：40 など参照）。本書に収録されている同名の短いエッセーは、あくまでもその一つの象徴的場面を綴ったものにすぎない。似たような危機一髪の場面は、それ以前にもそれ以後にも何度かあった。まさに綱渡りの連続であったが、一つ見方を変えると《奇跡》の連続であった。

　随筆・回想・抱負を収録した書物には、研究書のような学術的価値は内在しない。しかし研究と教育の実践のなかで紡ぎ出された言の葉は、それなりの重さをもっていよう。かかる希望を抱いて、本書を世に送り出す次第である。とくに若い学生や本学の教職員の方々にお読みいただければ嬉しい限りである。

つむじ風に巻き上げられて
―随筆・回想・抱負―

contents

補遺　チャペル講話　175

あとがき　216

I.

おりふしの記

1. 人生最初の大失敗—哲学への道

　大学1年の秋のこと。予備校の模擬試験を受けるために上洛してきて、わたしの下宿に泊まっていた浪人中の親友と、ある問題をめぐって議論となった。その友人は昼間に模擬試験を終えていたが、わたしは翌日に3科目の前期試験を控えていた。議論の中身は忘れてしまったが、その中心にあったのは三島由紀夫のことだったと思う（三島由紀夫の割腹自殺は、その少し後の1970年11月25日に起こった！）。夜も更けて激論は重苦しい沈黙に変わった。二人とも無言のままいつしか眠りに落ちた。目が覚めたとき、時計は朝の10時を回り、すでに2科目目の試験が始まりかけていた。慌てて大学に駆けつけ、かろうじて3科目目の試験は受けたものの、2科目は不可が確定的となった。当たり前である。かくして、大学最初の学期の成績は惨憺たるもので、工学部でやってゆく自信をすっかり失った。半年後、友人は法学部に入学してきたが、わたしは工学部から脱落して文学部（哲学）への道を模索し始めていた。

2003年3月、『聖学院大学欧米文化学科 Newsletter』No.4、
教授たちの人生失敗談、第6面

2. つむじ風に巻き上げられて

　「ヨブ記」の圧巻は、神がつむじ風の中からヨブに呼びかけて、「あなたは腰に帯して、男らしくせよ。わたしはあなたに尋ねる、わたしに答えよ〔……〕」（ヨブ40：7ff.）と迫るくだりであろう。砂漠の民イスラエルにとって、一瞬にして生命を奪い去るつむじ風は、神の主権性とその実在性とを思い知らしめる威圧

的な現象であったに違いない。しかし旧約の民にとってだけでなく、現代のわたしたちにとってもまた、ときに神はそのような仕方で自己を顕現されることがある。

　アメリカ留学2年目のことであった。そのときわたしは文字通り破れかぶれになっていた。恐いものはなかった。もうどうにでもなれという心境であった。夕暮れ迫るナッシュビルの高速道路を時速60マイル（約100キロ）超のスピードで飛ばしていた。昼間の些細なやりとりに気は鬱いでいた。ふと気がつくとすぐ前を走っていた車が急ブレーキを踏んでいた。下道から無理やり進入してきた車と接触するのを避けるためであった。わたしも慌ててブレーキを踏んだが遅かった。片効きしたブレーキのせいで隣の車線にはみ出したわたしの車に、後続のスポーツカーが猛スピードで追突した。薄れゆく意識の中で、つむじ風に巻き上げられるという旧約聖書の心象が、わたしの脳裏を鮮明に横切った。車は大破して相手方は重傷（全治2か月の骨折）を負ったが、わたしは奇跡的に助かった。それはリアルな救済体験であった。そしてわたしは真に神を畏れる者となった。

1994年6月、『全学礼拝週報　Chapel News』No.6

3. 真理探求者レッシングに魅せられて

　この度、創文社から拙著『レッシングとドイツ啓蒙』を上梓した。

　レッシングの宗教哲学的思想に関する本格的な研究に取り組むようになった経緯については、「はしがき」と「あとがき」に触れておいたので繰り返す必要はないが、ここでは読者の理解を深める一助として、それを補足する若干の事柄について述べておき

たいと思う。この 10 年間、わたしはレッシングの書物と向き合って孤独な対論を続けてきたが、その間たえずわたしの脳裏に浮かぶひとつの印象的な光景があった。

　1988 年 9 月下旬の秋晴れの一日、わたしはレッシングゆかりの地ヴォルフェンビュッテルをはじめて訪れた。それは直後の 26 日からの 3 日間、アウクスブルクで開催される予定の第 3 回国際エルンスト・トレルチ学会に出席するために、約 3 年半ぶりにドイツを訪れた機会を利用しての短い訪問であった。かつて住んでいたゲッティンゲンで旧友の Jürgen Wehnert 氏と再会して深夜まで語り合った翌日、電車を乗り継いでヴォルフェンビュッテルの駅に降り立ったとき、そのあまりにもさりげない駅の佇まいに軽いショックを受けた。こんな片田舎であの偉大なレッシングが晩年を過ごしたのかと思うと、いささか切ない気持ちを禁じ得なかった。折から教会の鐘が鳴り響いて、挙式を終えたばかりと思われる新婚夫婦を乗せた馬車が目の前を通り過ぎていった。かつてレッシングも（ここヴォルフェンビュッテルではなくハンブルク近郊のヨークにおいてではあったが）このような結婚式の鐘の音を耳にしながら、晴れて夫婦となったエーファと人生最高の幸福の一瞬を味わったのだろうか。このような感慨に耽りながら、駅前通りを 200 メートル近く歩いてから左手に折れてしばらく行くと、Leibnizhaus（ライプニッツの旧居）という標識が目に入ってきた。そういえばレッシング以前に、あのライプニッツもかつてここに住んだことがあったのだ。

　しかし、このときわたしは一刻も早く Lessinghaus（レッシングの旧居）を訪れたい一心から、Leibnizhaus には目もくれずに目的地に向かった。と言っても、Leibnizhaus と目的地とは実際は目と鼻の先で、標識が目にとまったその場所はもう

Schloßplatz（宮殿広場）の一角であった。そこは文字通り
「宮殿_{シュロス}」前の広場_{プラッツ}で、宮殿と道を挟んだ真向かいに往時の兵器庫_{ツォイクハウス}
があり、その兵器庫の右手に Lessinghaus が、左手斜め後ろに
Leibnizhaus が位置していたのであった。とそのとき、小学校
の高学年とおぼしき 20 数名の生徒たちが宮殿の中から賑やかに
出てきた。おそらくフィールド・トリップか何かのために当地
を訪れたのであろう。彼らはたったいま見学してきたことにつ
いて、興奮気味に何かを語り合っていた。聞き耳を立てている
と、彼らが口々に "Wahrheit..." と言っているのがわかった。
その言葉に電撃的な衝撃を覚えたことを、今もわたしは忘れる
ことができない。

　私事にわたって恐縮であるが、母方の祖父が姓名学を究めてい
たこともあって、わたしの名前は相当の熟慮をもってつけられた
そうである。そのせいかわたしは幼少の頃から真理という言葉に
心が敏感に反応してきた。わたしが大学進学に際して化学を選ん
だのも、実はクローニンの小説『青春の生き方』に感銘を受け、
自分も主人公シャノンのような生き方をしたいと思ったからで
あった。だがその夢は大学入学後ひと月でもろくも崩れてしまっ
た。理学部に進んでおればあるいは違っていたかもしれないが、
工学部というところは応用的実学の性格が強すぎて、わたしには
とても馴染めなかった。深い悩みと迷いの期間を経て転部を決意
し、3 回生になるときにようやく哲学（キリスト教学）の門を叩
いた。故武藤一雄先生と、大学院進学後はさらに水垣渉先生が、
わたしの先生であった。この二人の恩師から多大な影響を蒙りな
がら、ゆるやかに研究者の道を歩み始めたわたしであったが、自
分が惹かれるのはいつも真理探求的な思想家ばかりであった。最
初の博士論文の主題に取り上げたトレルチも、・わ・た・し・に・と・っ・て・は

そういう思想家の一人であった。アメリカとドイツの留学から帰国後、レッシングを深く研究してみたいと考えたのも、トレルチ的問題意識の延長という面と同時に、多分に「真理探求者」としての彼の生き方に惹かれたからでもあった。いずれにせよ、Lessinghaus を訪れた後、ヴォルフェンビュッテルの市中を散策し、その帰途夕暮れ迫るブラウンシュヴァイクにレッシングの墓を詣でたわたしは、すっかり人間としてのレッシングの魅力に取りつかれていた。

　それはともあれ、我が国の精神史・思想史を振り返ってみたとき、はたしてレッシングに匹敵するような人物はいるだろうか。あるいは現在の我が国の小学生や中学生が、「真理」という言葉を口にしたり、それについて考えたりする機会があるだろうか。ドイツにおいては、いまでも人々はレッシングの名を聞けば、何よりもまず「真理」を連想するという。こういう人物を過去に有している民族とそうでない民族の差は、実に大きいと言わざるを得ないだろう。ユダヤ人大量虐殺という空前の悲劇を引き起こしたドイツにおいて、第２次世界大戦後最初に舞台の上で上演されたドイツ演劇が、ゲーテでもシラーでもなくレッシングの『賢者ナータン』であったことを考え合わせると、レッシングは「真理探求者」であると同時に「ドイツの良心」である、といっても過言ではなかろう。

　「その名を口にすると、ドイツ人の胸のうちには、かならず多少ともつよいこだまが起こる」、とハイネは述べているが、わたしは10年前のあの日、ドイツの小学生たちが口にした「真理」の言葉に触れて、自分の胸のうちに生動したつよいこだまを、その後10年間反芻しながらレッシング研究に打ち込んできた。健康上の問題や、家庭や職場のさまざまな問題に阻まれて満足に仕事ができないとき、あるいは中央から遠く離れた東北の片隅に取り残さ

れているような孤独感に苛まれたとき、あのような不幸な環境の
なかでも「真理探求者」として雄々しく生きたレッシングを思い
浮かべると、不思議と力が湧いてきたものである。そのようにし
て続けてきた研究の成果を、このたび一冊の書物にしてみた。

　　人間の価値は、誰かある人が所有している真理、あるいは所有
　していると思っている真理にではなく、真理に到達するためにそ
　の人が払った誠実な努力にある。というのも、人間の力は、所有
　によってではなく、真理の探求によって増すからであり、人間の
　完全性が絶えず成長するのは、ひとえに真理のかかる探求による
　からである。所有は沈滞させ、怠惰にし、傲慢にする──
　　もしも神が右手に一切の真理を、左手に真理を探求せんとするた
　だ一つの常に生き生きとした衝動を握り給い、わたしに《選べ》と
　言われるとしたら、たとい後者には不断にまた永久に迷わすであろ
　うという仰せ言が付け加えられていようとも、わたしは慎ましく神
　の左手にすがり、《父よ、これを与えたまえ。純粋の真理はひとえ
　にあなたのみのものなれば》と言うであろう。(*Eine Duplik*, 1778)

　これはレッシングのあまりにも有名な言葉であるが、彼はまた
「各人は自分にとって真理と思えることを語ろう。そして真理そ
のものは神に委ねよう！」とも述べている。この度上梓された拙
著は、かかるレッシング的精神にしたがって、彼の思想の真相を
自分なりに解明しようとした試みに他ならない。これによって
レッシングの根本思想がいくらかでも明らかになり、我が国の
レッシング理解が一歩でも前進したとすれば、著者としては十分
に本懐を遂げたことになるであろう。

1998 年 11 月、『創文』No.404、22-24 頁

4. マイセン磁器とレッシング

　札幌には「マイセン美術館」があるので、マイセンについて知っている人も少なくなかろう（注：「札幌マイセン美術館」は当時、サッポロファクトリー2条北館の4階にあったが、今はもうなくなった）。京都で学生生活を送ったわたしは、大学院に入るまではマイセン磁器のマの字も知らなかった。ところが、大阪（吹田市）で開業医をしている叔父の家で、あるときマイセンのカップで美味しいコーヒーをご馳走になったことから、わたしとマイセンとのつき合いが始まった。そのカップには、一般に知られている「青い双剣」（サーベルが2本交差した形のもの）ではなく、マイセン磁器の登録商標としては最も古い、AとRが重ねられたような絵文字が描かれていた。ウェッジウッド、ロイヤルコペンハーゲン、ジノリなと、並みいる世界の高級洋食器のなかでも、なぜか清楚なマイセンに惹きつけられ、それからというもの叔父の家を訪れるたびに、よくマイセンのカップで上質のコーヒーをご馳走になった。

　ところが、1980年に大学院を満期退学し、そのあとアメリカに留学したために、叔父の家を訪れる機会がなくなり、マイセンのカップでコーヒーを飲む優雅なひとときも味わえなくなった。英語力が十分でなかったわたしにとって、アメリカでの最初の2年間はまさに地獄のような日々で、とてもマイセンどころではなかった。山のように課される reading assignment をこなすのにあくせくし、ゆったりコーヒーを飲む時間なぞなかった。よしんばその時間があったとしても、そもそもこの超大国には、マイセン磁器に見合うような上質のコーヒー豆はなかった！　とはいうものの、わたしはアメリカでマイセンと偶然の再会を果たした。

当時、博士論文のテーマとしてトレルチの思想と取り組んでいた
わたしは、その研究のなかでレッシングの重要性に気づかされ、
あるとき図書館でレッシングの本を借りて読んだところ、何とマ
イセンはレッシングがギムナジウム時代を過ごした町であること
が判明した。こうしてマイセン磁器の魅力が「真理探求者」レッ
シングへの関心と結びついた。

　マイセンという名称は、ちょうど有田や伊万里がそうであるよ
うに、製造元の地名が商品名として定着したものである。マイセ
ンはドイツのザクセン州のエルベ河畔にある小都市（人口約３万
人）で、有名な文化都市ドレスデンからは電車で50分ほどで行
ける距離にある（レッシングが1729年に生を享けたカーメンツ
も、ドレスデンの北東約40キロのところに位置している）。マイ
センの地名を世界に高からしめたのが、ここで製造されている磁
器である。ザクセン選帝侯フリードリヒ・アウグスト１世（通称
アウグスト強王）は、極東の我が国からもたらされた伊万里焼の

エルベ川にかかる橋の上から見たマイセン

白磁に魅せられ、自らの領地でもこれに匹敵する磁器を製造できないものかと考えて、それを推進する特別な文化政策を展開した。その甲斐あって、幾多の試行錯誤の末に、1710年、「マイセン磁器製作所」がついにヨーロッパではじめて真正の磁器製造に成功したのであった。その後3世紀近く、改良を加えながらも昔の伝統を今に伝えているのが、世界に冠たるマイセン磁器である。

　さて、わたしはサバティカル・リーブを利用して、1999年6月9日から10日にかけて、憧れの地であるマイセンをはじめて訪れた。このときすでに2つ目の学位論文「レッシング宗教哲学の研究」を完成していたので、レッシングとマイセンの関わりについても、より深い知識を有していた。「ドイツ精神史において完全に成年に達した最初の人間」と見なされているレッシングは、1741年から1746年までの5年間を、マイセンにある名門ザクセン侯立聖アフラ校で過ごした。ときの校長はレッシングを「2倍の秣が要る馬」に喩えたが、やがてドイツ啓蒙を代表するようになるこの思想家が、将来に備えて習作に励んでいた頃、「マイセン磁器製作所」は染付たまねぎ模様（通称ブルーオニオン）を編み出して、ヨーロッパ随一の磁器生産地の名声を獲得しつつあった。レッシングはドイツ精神史上「最も男性的」な著述家であるといわれ、また「ドイツ国民の良心」とも目されているが、その思想的風貌はマイセン磁器に通じるものがある。両者に共通するのは本物に備わる気品である。こうして、わたしのなかではマイセン磁器とレッシングとは深く結びついている。「マイセン磁器製作所」（Porzellan-Manufaktur Meissen）の一角にあるマイセン磁器の陳列館は、「札幌マイセン美術館」とは比べものにならない規模と豪華さを誇っており、何千もの歴代のカラフルなマイセン磁器がところせましと陳列されている。それはまさしく壮観そのも

のであり、食器や装飾品もここまでくると、それ自体がひとつの崇高な芸術であり文化である。マイセン訪問の記念に、カップとソーサー一式を購入しようと売店に赴いたが、とても手が出なかった。仕方なくもう少し廉価なものを求めて街をぶらつき、よう

マイセンの飾り皿（登録標章の変遷）

やく気に入った飾り皿を1枚購入したが、所持金はほとんどなくなった。その後、新たにカップとソーサーを2客購入したので、書棚と兼用している飾り棚が少し賑やかになった。わたしのマイセン磁器愛好は、同僚の知るところとなり、心優しい前の職場の同僚たちは、学科長の退職記念にと、マイセンの大きな花瓶を贈呈してくれた。さらに学部長からは可憐な一輪差しを頂戴した。こうして我が家のマイセン・コレクションは都合5点となった。

　我が家の経済事情を考えると、この先コレクションが増える見込みは当面ないが、幸い札幌にはマイセン美術館があるので、ときどきは目の保養に行きたいと思っている。ちなみに、東京の帝国ホテルのなかにはマイセンのコーヒーショップがあるが、1杯のコーヒーの何と高いこと！　それにそこの常連客はレッシングのことなぞゆめゆめ思うまい。マイセンファンは我が国にも多いが、わたしのようにその白磁に18世紀の思想家を重ね合わせて、夢想に耽る人はまずはいないだろう。マイセン磁器とレッシング──本物は時代と場所を超えて永続する。

2005年3月、北海学園大学人文学部『人文フォーラム』22号、14-15頁

5. 「読む」ことと「書く」こと

　人間は「理性的動物」（animal rationale）であると言われる。人間についてのこの定義は、通常アリストテレスに帰されるが、アリストテレス自身はラテン語で著述したわけではないので、このラテン語はギリシア語からの翻訳であることがわかる。アリストテレスの原典に遡って考えると、animal rationale のもとになっているのは、ギリシア語の ζῷον λόγον ἔχον である。「ゾーオン・ロゴン・エコン」というのは、「言語をもっている動物」、「言葉を発することのできる存在」というほどの意味である。ギリシア語の「ロゴス」（λόγος）は「言葉」も「理性」も意味するので、「ゾーオン・ロゴン・エコン」が animal rationale と翻訳された理由もわからないでもない。ともあれ、「理性的動物」という人間の古い定義のなかに、人間存在にとって言語がいかに本質的であるかが暗示されていることは、意味深長であるといえよう。

　カッシーラーによれば、言語は人間における最高の象徴機能である。動物の場合には、ユクスキュルの『生物から見た世界』に示されているように、外界からの感受とそれに反応する機能的連関は本能によって直結し、一般的な定型的な反射として与えられている。ところが人間においては、感受系と反応系との間に、シンボリック・システム（象徴系）という新たな機能がつくられ、反応は思考過程の介入によって中断され遅延せしめられる。この遅延は実際には偉大な進歩であって、人間はこれを通してとくに言語によって織りなされる文化の世界を形成する。そこから彼は人間を animal symbolicum（シンボルを操る動物）と定義した。いずれにせよ、言語は《音声》と《文字》という「記号」体

系を通して「意味」を伝達している。記号は物理的であるが、意味は精神的である。そして意味を運んでいる記号こそが、「象徴」（シンボル）である。人間言語がもっているこの象徴機能は、神話、宗教、言語、芸術、歴史、科学といった人間の文化的営みのなかに、さまざまな仕方で見てとることができる。

メルロ＝ポンティは、「思考は言語に住みついており、言語は思考の身体である」と述べている。そうだとすれば、思考の変化は言語の変化を惹き起こし、逆に、言語の変質は思考の変質を暗示する。言語と思考のこの共生（シンビオーシス）を理解もせずに、国際化の時代だから幼時から英語を教えるべきだとの主張は、まさに愚の骨頂であろう。グローバルな時代の地球の住人として、英語をネイティブのように操ることができれば、それに越したことはない。しかし国籍不明の国際人となるよりは、自国の言語と文化をしっかり学び、国際的に通用する日本人になることの方がより大切ではなかろうか。戦後 60 余年、流暢な英語を喋って国際的な舞台で活躍する日本人も増えたが、その反面でいまや一般の日本人の内面において、深刻な異変が起こりつつある。伝統文化が外来の物質文明に蝕まれるなかで、われわれ日本人の精神と思考は著しく劣化し、怖しいほどに軽佻浮薄になっている。国権の最高位にある者の乱暴な物言いや、目を覆うばかりの軽薄さは、麻生太郎という個人の資質や教養の問題を超えて、国民全体におけるある由々しき精神的劣化を象徴的に示している。

空気や水と同様、言語は人間生存のエレメントである。魚から水を取り去ると、魚が死ぬように、人間から言語を取り去ると、人間らしい生活はなくなる。話し相手を必要とするのは何も孤独な老人とは限らない。いまのこの国には、毎日何十通、ときには 100 通以上ものメールのやりとりをする多くの若者がいるとい

う。彼らもまた言語を介した人間的な触れ合いに飢えているのである。しかし水質の悪化が魚の生態系を壊したり、生存を危うくしたりするように、言語の混乱や不正使用はやがて健全な思考の働きを阻止する。その意味で、英語教育以上に国語教育こそが喫緊の要事であろう。

　ところで、言語には「聴く」「話す」「読む」「書く」という4つの機能がある。母国語であれ外国語であれ、言語をマスターするためには、この4つの技能を習得しなければならない。人間はこの4技能を、一般的には、「聴く」「話す」「読む」「書く」という順番で身につける。mother tongue と言われるように、われわれは母国語に関しては、赤ん坊のとき母親が耳元で話す言葉を聴いて、やがてそれを真似て話すようになる。このように「聴く」と「話す」は連動しているが、「読む」と「書く」は必ずしも「聴く」「話す」に連動しない。わが国は識字率が非常に高くて「文盲」と呼ばれる人は少ないが、ヨーロッパやアメリカなどには illiterate な、つまり読み書きのできない人がかなり多いという。illiterate を辞書で調べると、“unable to read or write; *broadly* having little or no education” と記されている。ここからもわかるように、「聴く」「話す」は人間社会のなかでおのずから身につくが、これに対して「読む」「書く」は一定の教育を受けないと、身につかないもののようである。

　それでは、「読む」と「書く」の間にいかなる関係があるのだろう。音声としての言語の場合、「聴く」は「話す」に先行する。文字としての言語の場合、同様に、「読む」は「書く」に先立つ。みずからの内面から言葉を紡ぎ出す天才的詩人は別として、一般的には、良い文章を沢山「読む」ことが良い文章を「書く」ための必須条件である。近頃の学生の文章力のなさは、読書

量の激減と読む本の質の低下に起因していると思われる。

　専門の関係上、筆者はこれまで比較的多くの外国語に挑戦してみた。英語、ドイツ語、ギリシア語、ラテン語、ヘブル語、フランス語、韓国語、しかし一つとしてものにできたものはない。最後の３つはまったく駄目で、挑戦する意欲ももう消え失せた。英語は何とか実践的用途には役立つものの、完璧に使いこなすというにはほど遠い。ドイツ語は読むには困らぬものの、これまた「聴く」「話す」「書く」となるとおぼつかない。ギリシア語はプラトンと新約聖書を、ラテン語は教会教父を読めるまでになったのに、５年間の海外留学中に読むことを怠ったところ、まさに元の木阿弥！　見事に読めなくなってしまった。研究の必要上、目下、古典語能力の回復に懸命の努力を傾けているが、一度忘却の底に沈んだ文法の知識は容易には甦えらない。まさに「少年老い易く学成り難し」（ars longa, vita brevis）である。

　いささか自嘲気味な繰り言になってしまったが、言語の４技能のなかでやはり一番難しいのは「書く」ことではないかと思う。あるとき知人からラテン語の祝辞を書いてくれるよう頼まれて辟易したが、辞書と文法書を片手にラテン語の文章を判読できる人も、ラテン語で詩を書くとなるとまずお手上げのはずである。学生時代にラテン語を教わった水野有庸先生は、ラテン語で自作の詩集を出すほどの達人だったが、これはまったく異例中の異例といってよい。いずれにせよ、「書く」ことが一番難しいとすれば、その能力を少しでも磨くために、優れた書物を多く「読む」ことに努めなければならない。一流のシェフになるためには、まず一流の味に触れなければならないように、美しい文章を「書く」ためには、古典とか名著と評される書物をまず「読む」ことである。このことは日本語だけでなく外国語にもあてはまる。そ

うであるとすれば、英米文化学科の「専門演習」において、英書を「読む」訓練がもっとなされるべきであろう。

2009 年 3 月、北海学園大学人文学部『人文フォーラム』30 号、8-9 頁

6. 神は細部に宿る

　この 4 月から人文学部長を仰せつかりました。学内行政に疎い自分ですので果たしてこの大役が務まるかどうか不安ですが、これから 2 年間宜しくお願いいたします。

　さて、もうかれこれ四半世紀前のことになりますが、5 年間にわたる海外留学を終えて帰国したわたしは、大学に職を得ることができず、東京の某財団法人に嘱託として雇ってもらって、英語を使う仕事に従事していました。ある日同僚のアメリカ人のメアリー・ヤンデルさんがわたしに紙切れを見せ、「これ誰の言葉か知ってる?」と尋ねてきました。紙切れには "God dwells in the details" と記されていましたが、誰の言葉か察しもつきませんでした。しかし不思議とその言葉は頭の片隅に残りました。その後大学で教えるようになり、各種の文献や資料を渉猟するうちに、その句の典拠をつきとめることができました。

　"God dwells in the details" は、日本語では「神は細部に宿る」という句で人口に膾炙しています。この句の作者に関しては諸説あり、有名なフランスの建築家ル・コルビュジェ (Le Corbusier, 1887-

インターネット画像 (quotefancy.com) より

1965)、ドイツの美術史家ヴァールブルク（Aby Warburg, 1866-1929）、さらにはあのアインシュタイン（Albert Einstein, 1879-1955）をその作者と見なす人もいます。しかし最も一般的には、ドイツ生まれのアメリカの建築家ミース・ヴァン・デル・ローエ（Ludwig Mies van der Rohe, 1886-1969）が最初につくり出したと言われています。面白いことに、これにはある意味でまさに正反対の、「悪魔は細部に宿る」（The devil is in the details）という、異なったバージョンもあります。さらには「神々は細部に宿る」（The Gods are in the details）という多神教的な異形もあります。

　しかし「神（々）は細部に宿る」と「悪魔は細部に宿る」は、いわば表と裏の関係にあり、どちらも細部の重要性を表わしています。例えば、壮大な建造物やプロジェクトの成否は、それを構成する各部分の完璧さにかかっていますし、逆に、何か大きな失敗の原因はしばしば非常に些細なミスに起因しています。要するに、細部を蔑ろにしない堅実な仕事ぶりが全体の成否を決定するのです。ル・コルビュジェもミース・ヴァン・デル・ローエも建築家でしたので、この句に込められた意味合いはおおよそ見当がつきます。数年前に耐震強度偽装が社会問題となりましたが、どんなに立派に見える建造物も、その一部に致命的な欠陥や手抜きが見つかると、その建物全体が台無しになってしまいます。まさに「悪魔は細部に宿る」と言われるゆえんです。ですから、建築家は厳密かつ入念な構造計算に基づいて設計し、また実際の工程においても一切の手抜きを見逃してはなりません。

　わたしたちが携わっている大学教育も同様です。人間性の陶冶ということがあらゆる教育の根幹にあろうかと思いますが、この面での懈怠（けたい）はやがて由々しき問題を生むことを肝に銘じて、学生

諸君の若き魂に正面から向き合っていく所存です。

2010 年 8 月、北海学園大学人文学部『人文フォーラム』33 号、1 頁

7. 明るい時代の人間性

　政治哲学者ハンナ・アーレント（Hannah Arendt, 1906-75）の著作のなかに、『暗い時代の人間性について』（*Von der Menschlichkeit in finsteren Zeiten*）という表題の小品がある。これは 1960 年、彼女がハンブルク市から「レッシング賞」を授与された際に行なった講演に基づいている。わたしは講演内容に全面的に賛成してはいないが、そこで彼女が述べていることで、2 つのことが強く心に残っている。一つはレッシングの「自立的思考」（Selbstdenken）ということであり、もう一つは、「各人は自分にとって真理と思えることを語ろう。そして真理そのものは神に委ねよう！」（Jeder sage, was ihm Wahrheit dünkt, und die Wahrheit selbst sei Gott empfohlen!）という、彼の書簡から引用された言葉である。

　レッシングが生きた 18 世紀中葉は、アーレントがそう表現したように、いまだ「暗い時代」であった。信教、思想、表現などの自由もかなり制限されていた。「真理探求者」と称される彼は、そのような時代に自分の頭脳とペンだけをたよりにして、みずからに萌した真理の直観に従って誠実に生きた。レッシングの死から半世紀後、ゲーテが死の床で最後に語ったといわれる「もっと光を！」（Mehr Licht!）という言葉は、カーテンを開けて部屋をもっと明るくして欲しいという趣旨ではなく、啓蒙の運動をもっと推し進めなければならないという意味だとする解釈も、あながち穿った見方とはいえない。彼らの時代はわれわれが

思っている以上にまだ「暗い時代」だったのである。啓蒙主義
は、ヨーロッパの各国語──〔英〕Enlightenment、〔仏〕Lu-
mière、〔独〕Aufklärung──が暗示しているように、「光」のメタ
ファーと密接に結びついている。それはひと言でいえば、明るい世
の中にするための情宣・改革の運動にほかならなかった。その成果
はまことに甚大で、2世紀を経た現代はまさに「明るい時代」になっ
ている。信教、思想、表現などの自由が保障されているだけでなく、
電灯の明かりが街々や家々を夜でも明るく照らしてくれるからである。

　しかし科学技術の発達が、われわれの生活から闇を消し去り、
いまやわれわれは不夜城のごとき明るい時代に生きているにもか
かわらず、われわれの人間性はどうなっているだろうか？　レッ
シングの頃よりも豊かな人間性になっただろうか？　否、むしろ
痛ましいほどの劣化が進んでいる。明るい時代の到来は、皮肉に
も、人間性の由々しき頽落をもたらした。昨今の人間性を疑わせ
る犯罪の頻発は、現代人の心に巣くう闇の深さを物語っている。

　人文学部が人間性に関わる学部──the Faculty of Human-
ities──である以上、この状況を見過ごすことはできない。人
文学部は単に教養的知識を供与するのではなく、学生に「自立的
思考」を促し、各人がしっかりした人生観・世界観を確立できる
ように、教育しなければならない。政府やマスコミの報道を鵜呑
みにせず、また時流にも流されず、自分の頭で考えて行動する人
間をいかに育成するか。「暗い時代」に息づいていた人間性の理
想を、「明るい時代」にどう展開すべきか？　これは今日の人文
学に突きつけられている難題である。とりわけ「新人文主義」の
理念を掲げるわれわれにとって、「明るい時代の人間性」は専門
の壁を超えて議論すべき中心テーマであろう。

2011年8月、北海学園大学人文学部『人文フォーラム』35号、1頁

8. 二十歳の季節

　現代は長寿高齢化社会！　いまや人生 80 年、90 年どころか、100 の大台を超える人も珍しくない。ちなみに、わたしの母は 92 歳になり、自力で出来ることはごく限られているが、生命の炎はまだ燃え続けている。わたし自身も間もなく還暦を迎えるが、正直なところ、自分が老いの域に差しかかっているという実感はあまりない。しかしわたしが研究対象としてきたフランクもレッシングもトレルチも、いまの自分の年歳にはすでに他界している。

　実際、ひとはかつてもっと短命だった。織田信長は「人間 50 年、下天のうちを比ぶれば、夢幻の如くなり。ひとたび生を得て滅せぬもののあるべきか」と謳い舞った後、桶狭間の戦いに勇ましく出陣したという。いまから約 450 年前のことである。彼はこのとき 25 歳、まさに人生の中間点に差しかかっていた。その 22 年後、彼は本能寺で自刃したので、「人間 50 年」にはわずかに手が届かなかったが、ほぼそれを全うしたと言ってよかろう。

　さて、ひたすら前方の目標に向かって走ってきた自分であるが、先般、思いがけない一本の電話によって、青春時代を懐古することになった。1980 年の夏、わたしは国際ロータリー財団奨学生として、米国ジョージア州 Statesboro にある Georgia Southern College で、2 ヶ月間の語学研修を受けた。そのときの仲間が集まって Facebook をやっているので、それに加わらないかとのお誘いだった。記憶の片隅に埋もれていた当時の思い出が走馬燈のように甦ってきた。Rotary friends 1980 と名づけられたこのグループは、現在では 17 名ほどに膨れ上がっている。タイのスシャダ、イタリアのスザンナ（ベルギー在住）、フィンランドのアナマイア、ブラジルのホサ＝マリア、アルゼン

チンのマルタ、エジプトのザーラン、メキシコのエンリケ、オランダのヤン、インドネシアのディディク、ドイツのクリス（アメリカ在住）、そして7名ほどの日本人。31年の歳月が経っているので、Facebookの写真はあの当時とはかなり変化してはいるが、間違いなくあの暑いジョージアの夏をともに過ごした懐かしい面々である。31年の歳月を経て、友情のネットワークがこうしてふたたび世界中に広がった。

　世界各地から集まった20代の若者が、学内の寄宿舎で寝食をともにしながら2ヶ月を過ごしたので、当然のことながら、連日のように各種のパーティーが開催され、また淡い恋が芽生えたりもした。その中の一人の今野玲子さんが、弾き語りで歌ってくれたオリジナル曲「二十歳（はたち）の季節」は、外国人ですら口ずさむほど愛唱された。「少女の頃は誰もがみんな／透明な愛の涙流したわ／初めての恋に　ウ〜／二十歳（はたち）になったわたしの頬に／つたう滴（しずく）そっと触れた指先に／心は揺れてる　ウ〜／めぐりめぐる季節の中で／あなたに出逢えた安らぎ〔……〕」。彼女からクリスマスに寄贈された貴重な録音テープを、二十数年ぶりに筐底（きょうてい）から取り出して聴いてみた。時間の経過をすり抜けた美しい歌声に、過ぎ去った時間の非情な重さを痛感させられた。

　われわれの「二十代の季節」は、ジョージアゆかりの名作「風とともに去りぬ」（Gone with the Wind）のごとく、永久に過ぎ去ってしまい、わたし自身もいまや「人間50年」を通り越して、侘びしい黄昏時を迎えている。だがおそらくこれも悪くはなかろう。「ミネルヴァのふくろうは黄昏時にはじめてその飛翔を始める」というヘーゲルの言葉通り、「二十歳の季節」には欠落していた人生の知恵が、過誤や失敗を繰り返したことで、少しずつ身につきつつあるからだ。大学教師という職業を翻って考えて

記念アルバム *SAUDADES 1980* より

みると、われわれはつねに「二十歳の季節」とその前後を生きる若者たちと関わっている。二度とない青春のただ中を生きる彼らに、われわれは一体何を与えることができるのか。そう自問する50代最後の今日この頃である。

2012 年 3 月、北海学園大学人文学部『人文フォーラム』36 号、1 頁

9. 翻訳についての雑感

外国の思想や歴史や文学の研究にとって、翻訳という営みは本質的な意義を有している。「翻訳」という言葉は、西洋の単語の訳語として案出されたものではなく、古代中国の文献（隋書、経籍志四）のなかに見いだせる。その意味は「ある国の言葉を他の

国の言葉になおすこと」である。英語でこれに相当するのは translation であるが、この語はラテン語の transfero に由来している。trans- は「向こうへ、彼方へ、超えて」、fero は「運ぶ」という意味なので、transfero とは「（ある所から他へ）移す、運ぶ」ことである。クリストファー（Christopher）という男子名が、「幼児キリストを肩に乗せて河を渡った」伝説上の大男クリストフォルス（Christophorus）に由来することはよく知られているが、このファー（-pher）あるいはフォルス（-phorus）のなかに、fero の原義が反映されている。fero の完了分詞は latus であり、translate はそれに由来する。それゆえ translate と transfer はもともと同一の起源を有している。

このように翻訳とは「ある言語を別の言語に移す」行為だが、この「移し替え」ないし「置き換え」作業には、さまざまな困難が潜んでおり、高度の知識や技法が必要となる。自国語で書かれたものでも、時代的な隔たりのある古い作品や文献資料を解釈する場合には、翻訳に類する困難と課題が存在する。そこに文献学や解釈学の出番がある。古来、読解作業が人文学的実践の根幹を形づくってきたが、それは精神の陶冶にも大いに資するものであった。「人間性」と呼ばれるものも、学校や大学での文献学的・解釈学的修練によって大きく成長する。古今東西を問わず、古典的文献の読解を通して得られる人文学的教養が、人間形成に寄与すると考えられてきたのは、理由のないことではない。

ところで、先般、須山静夫氏の遺作『クレバスに心せよ！　アメリカ文学、翻訳と誤訳』（吉夏社、2012 年）を読んで、翻訳の醍醐味を再認識した。著者は明治大学文学部で長く教鞭を執ったアメリカ文学者で、単行本の翻訳書は 20 冊を下らない。おまけに自作小説でも幾つもの賞を受賞している。前任校の同僚とし

て、謦咳に接する機会に恵まれたが、本当に偉い学者は偉ぶらない！　飄々としていながら、透徹した眼識を持つ本物の学者であった。

　氏によれば、「創作の場合には、彫り出される像のもとは、当然のことながら、作者の頭のなかにある。翻訳の場合には、彫り出されるべき像は、訳者の頭のなかにあってはならない」。翻訳の完成時に取るべき姿は、原著のなかにひそんでいるからだ。たとえば氏は、フォークナーの『八月の光』の全体のイメージを新薬師寺の伐折羅大将という木像にたとえ、「翻訳者はこの像の持ついのちをそのまま観衆の前に、読者の前に、彫り出して見せなければならない。鑿を握る手もとを僅かに狂わせて、舌の先を僅かにでも削りすぎるなどはもってのほかだ」と述べている。「そもそも翻訳をしていて、どうもちょっとおかしいが、これでいいだろう、とか、こういう訳文になるよりほかないだろう、とか、そんなふうに感じたときには、そこは誤訳しているのだ、と思わなければいけない」。翻訳に誤訳は付き物だが、誤訳はしばしば先入観に起因する。そしてそれを打ち破ることがいかに難しいか、本書には数多の実例が示されている。氏は 15 年もの歳月を費やして、メルヴィルの大作『クラレル』（南雲堂、1999 年）を翻訳されたが、そのために 60 の手習いでヘブル語を習得したほどのこだわりと努力の人であった。この書に示された「翻訳と誤読」の現実に触れると、みずからの学問が「日暮れて道遠し」の状態だと思わざるを得ない。

2012 年 8 月、北海学園大学人文学部『人文フォーラム』37 号、1 頁

10. 海外研修旅行をする意義

　ヨーロッパ研修旅行は、わたしの長年の夢であった。しかしそれは、知らない異国を訪れてみたいというのとは本質的に意味を異にしている。わたし自身はアメリカ留学中の 1981 年の夏、約一月半かけてヨーロッパ各地を旅して回ったし、1983 年 11 月から 1985 年 3 月にかけてドイツのゲッティンゲン大学に留学した経験もある。その後も 5 ヶ月間の在外研修をはじめ、1 週間から 10 日間程度のヨーロッパ旅行は 6 回ほどしてきている。そういう意味では、ヨーロッパはわたしにとって、かつて 3 年半暮らしたアメリカ合衆国と並んで、最も馴染みのある地域だからである。

　わたしがヨーロッパ研修旅行を企画した一番の理由は、大学でヨーロッパ思想史・文化史を講義していて、こちらがいくら真剣に伝えようとしても、教室の授業では限界があることを痛感してきたからにほかならない。それはいわば「畳水練」のたぐいであって、泳ぎを教えるにはやはり海とか川とか、あるいはプールに行って、実際に水につかりながら教えること——学生の側からすれば、学ぶこと——が不可欠である。たしかにテレビやインターネットの普及に伴って、いまでは居ながらにして世界各地のことを動画映像で学ぶことができる。なにもわざわざ高いお金をかけて現地に赴く必要はなかろう、と言う人もいるかもしれない。しかしテレビやインターネットの動画映像は、現地の空気も匂いも危険性も皮膚感覚的には伝えてくれない。なによりも異国体験に付き物のあの高揚感や不安感を掻き立てることがない。あたかも高みの見物をする見物人のように、みずからは危険のない安全地帯——自宅であったり自国であったり、いずれにせよアットホームな場所——に身を置いているからである。

「百聞は一見に如かず」と言うように、実際に自分の目で見、自分の耳で聞き、自分の肌で感じることが、異文化理解には必須である。現地に赴いて耳目を属することがないと、教室の授業で学んだことは実感を伴って会得されない。紙の上での知識は皮膚感覚的な具体性に欠け、隔靴掻痒のようなもどかしさが不可避的に伴う。そこから、やはりヨーロッパやアメリカの文化を学ぶためには、学生を現地に連れて行って、そこでの体験的学習をさせることが一番であるとの感慨をいだくようになった。だが最大の問題は、それにかかる費用と事故などのリスクにどう対処するかということである。また募集しても、はたして十分な数の参加者が見込めるか？　逆に、参加希望者が多すぎて紛糾する事態にならないか？

　このように、実際に実施するためにはさまざまな困難や障害があった。とりわけ法人の理解が得られなかったため、わたし自身がいわば私事旅行のかたちで引率するという、不本意な形態にならざるを得なかった。しかし最低催行人数の15名の参加者が得られたし、彼らの参加への意志が強固だったので、2月24日から3月3日まで7泊8日の「ヨーロッパ研修旅行」を決行した。参加者の内訳は、本学人文学部英米文化学科の4年生が2名、2年生が8名、経済学部地域経済学科2年生が1名、法学部法律学科の4年生が2名、北大文学部の4年生と2年生が各1名、添乗員の京王観光の榊原雅幸氏、そして引率者の佐藤貴史先生とわたしの18名であった。もともとは人文学部主催の行事として企画されていたが、上記のような理由で、任意団体「ヨーロッパ研究会」の主催に切り換えての実施となった。

　今回訪れたのは、ローマとパリ、そしてオプショナルツアーで行ったモン・サン・ミッシェルの3箇所だけであるが、わずか1

ローマのトレヴィの泉の前で

週間のこの旅行を通して学生たちが得たものは、1セメスターの教室での授業よりも確実に大きなものであったように思う。ローマにもパリにも、一つ間違えばスリや盗難に遭ってもおかしくない危ない現実があったが、しかしその危険性を体感し、身の安全に配慮して行動することで、学生たちは機敏かつ賢明になり逞しくなっていった。

　海や川は一つ間違えば溺れる危険がある。プールですら泳げない者にとっては危険である。しかし水を怖がっていてはいつまでたっても泳げるようにならない。同様に、マッチやナイフは使い方を間違えるとたしかに危険である。だが、危険だからといって触らせないでいると、大人になっても上手に使いこなせない。それと全く同じように、外国には危険やリスクが沢山転がっているが、だからといって国内に引き籠もってしまうメンタリティでは、このグローバルな時代を逞しく生き抜いてはいけない。

　地下鉄学園前の壁に記されている "Catch the world"、

"Catch the future" という標語を空文句にしないためには、世界の現実を皮膚感覚的に学ぶこの種の研修旅行は、大学の正規のプログラムに加えられて然るべきであろう。少なくとも「開拓者精神」をスクールモットーに掲げる大学であれば、鎖国的メンタリティこそは真っ先に打破されなければならないであろう。

2013 年 3 月、『平成 24 年度　ヨーロッパ研修旅行報告書』「はしがき」

11. 海外留学に挑戦してみよう

　文豪ゲーテは「外国語を知らない人は、母国語を知らない」(Wer keine Fremdsprache kennt, kennt seine Muttersprache nicht) と喝破しましたし、歴史哲学者トレルチは「異郷にあったことのある人が、はじめて故郷を理解する」(Die Heimat versteht nur, wer in der Fremde gewesen ist) と述べています。両者に共通するのは、真の自己認識は、自分とは異なる他者との接触・交流によって、はじめて可能となる、という意義深い洞察です。わかりやすく言えば、自国の言語と文化のうちに閉じこもって、仲間とだけ親しくする内向き志向では、自己自身のアイデンティティについても、自国のことあるいは自文化についても、実のところはよくわからないということです。

　「日本の常識は世界の非常識」と言われます。例えば、家に入るときには玄関で外履きを脱ぐというのは、日本人にとっては当たり前のことですが、西洋諸国ではこのような所作は異例です。車の左側通行も少数の国でのみ通用するルールです。日本では正月が 1 年のうちで最もお目出たい祝日ですが、欧米諸国ではイースターとクリスマスが最も盛大な国民的行事で、正月は拍子抜けするくらいにあっさりしています。

　英語に "make oneself understood" という表現があります
が、外国で「自分をひとにわからせる」ためには、自分の気持ち
や考えを言葉で表現しなければなりません。以心伝心や腹芸は日
本では通用しても、外国人には通じません。しかし自己主張をす
ると、とかくわが国では角が立ちます。わたし自身も5年間の海
外留学から帰国後、何度か痛い目に遭いました。日本と外国では
いろいろ異なるのです。

　グローバル化の時代には、外国人とのつき合いは不可避です。
異国の地で外国語を用いて暮らした経験をもつと同時に、現代の
リングア・フランカといわれる英語くらいは、曲がりなりにも使
えるようになりたいものです。そのためには学生時代に異文化体
験をすることです。短期・長期を問わず、海外留学はそのための
最良の機会となるでしょう。是非挑戦してみてください。

2018年度『留学生ガイド』への挨拶文

12. ボルゲーゼ美術館における ベルニーニ体験

　32年前にローマを訪れたとき、ベルニーニ（Gian Lorenzo
Bernini, 1598-1680）の名前も「ボルゲーゼ美衛館」（Museo e
Galleria Borghese）のことも知らなかった。しかしその後ヨー
ロッパ文化史について造詣を深めるなかで、ベルニーニの「プロ
セルピナの略奪」と「アポロンとダプネ」を知るに至った。両作
品ともローマのボルゲーゼ美術館に所蔵されているので、ヴァ
ティカン美術館を見学した日の夕刻、佐藤先生および数人の学生
たちと一緒にそこを訪れた（ボルゲーゼ美術館は予約が必要なの
で、日本を出発前にインターネットで予約をとっておいた）。

ベルニーニ作「プロセルピナの略奪」

「プロセルピナの略奪」(Rape of Proserpina, 1621/22) は、もとを辿ればギリシア神話に、直接的にはオウィディウスの『変身物語』に題材を得たもので、冥界の帝王プルート（ギリシア神話ではハデス）が自分の妻にするためにケレース（デメテル）の娘プロセルピナ（ペルセポネ）を力ずくで略奪する瞬間を刻んだもの。大地の裂け目から突如現れた筋骨逞しいプルートは、野原で楽しく花を摘んでいたプロセルピナに突如襲いかかり、その身体を抱き上げて攫っていく。足下には３個の頭をもつ冥界の番犬ケルベロスがひかえている。プロセルピナは冥府の主から逃れようと必死にもがくが、プルートの力のこもった指は乙女の柔肌に食い込んで、彼女を離そうとしない。これが大理石の彫刻かと目を疑うほどの見事さである。

　もう一方、アポロンとダプネの悲恋を主題にした「アポロンとダプネ」(Apollo and Daphne, 1622/25) も、同じくギリシア神話に題材をとったものである。

　ある日のこと、アポロンは自分の強力な弓を自慢して、愛の神エロス（クピド）の小さな弓を貶した。怒ったエロスは復讐のために、恋心を掻き立てる黄金のやじりの矢をひそかにアポロンの胸に打ち込み、かたや恋心を冷やす鈍く曇った鉛のやじりをペネイオスの河神の娘ダプネの胸めがけて射たのであった。

　ダプネに対する激しい恋の虜になって、アポロンは彼女を自分のものとするために、彼女のあとを執拗に追い

ベルニーニ作「アポロンとダプネ」

かけ回した。ダプネはアポロンを嫌って必死に逃げたが、ついに力尽きていまにも捕まりそうになったとき、彼女は父の河神に救助を求めた。「お父様、どうかわたしの美しさを、この人のものにさせないで下さいまし！」やむなく父は娘を月桂樹に変えた。ダプネの足はたちまち地中に深く入りこんだ根に変じ、身体は樹皮に被われ、腕と髪は月桂樹の枝と葉に変化した。アポロンは悲しんで、これよりのち、月桂樹をみずからの聖木とした。ピュー

ティアの競技大会で優勝者に月桂樹の冠が被せられるのもこのためであるという。ちなみに、ダプネ（δαφνη）はギリシア語で月桂樹（sweet bay, laurel）の意味である。

　天才的な彫刻家ベルニーニは、この2つの物語のクライマックスのシーンを、人間業とは思えないほどの精巧さで実に見事に表現している。写真や映像では何度も見たことのある有名な作品ではあるが、現にその場に赴いて自分の目で実物を見るという体験は、日本に留まっていては絶対できない。プロセルピナの脇腹と太腿に食い込むプルートの指、恐怖におびえる彼女の表情、アポロンに捕まり月桂樹に変わる瞬間のダプネのおののく表情など、臨場感あふれる大理石の彫刻に、夕暮れ迫る美術館のなかでただただ見とれてしまった。ボルゲーゼ美術館では写真撮影が禁じられているので1枚の写真も撮れなかったが（掲載した写真はグラビアからの借用）、ここで鑑賞したベルニーニの作品群は、今回の研修旅行における最大の収穫の一つとして、心の奥深くに強烈に刻み込まれた。

　最後の「万能人・普遍人」（l'uomo universale）とも称されるベルニーニは、まさにバロック期の最大の彫刻家であり、ほかにもサンタ・マリア・デッラ・ヴィットリア聖堂にある「聖女テレサの法悦」など、多くの優れた作品を残している。彼はまたその時代を代表する偉大な建築家でもあり、サン・ピエトロ広場、サン・ピエトロ大聖堂のブロンズの天蓋、ナヴォーナ広場の中央にある「四大河の噴水」など、多くの建造物をも設計している。今回は時間がなかったのでそのすべてを見ることはできなかったが、ローマ市内だけでもベルニーニの作品や彼にゆかりの史跡は多く残されている。もし次回ローマを訪れる機会があれば──トレヴィの泉で肩越しにコインを1個投げたので、ひょっとしたら

再びローマに来れるかもしれない——、今度は是非それらをしらみつぶしに訪れてみたい。

　ローマやパリのような歴史のある大都市には、貴重な文化遺産が無数に存在しているので、何度訪れてもその都度学ぶものがある。費用や時間の問題があり、そう頻繁に訪れることはできないとしても、書物で学んで現地で実習し、現地で実習してはまた書物で学び返す！　この繰り返しによってヨーロッパ文化の理解は着実に深まっていく。ヨーロッパ文化史や思想史を講ずる教師として、今回のヨーロッパ研修で得た収穫を教室の授業で学生たちに伝えたい。また今回研修旅行に参加した学生たちが、今後の大学生活において、あるいはこれからの社会生活において、今回の体験をどう活かしていくのか注目していきたい。

2013 年 3 月、『平成 24 年度　ヨーロッパ研修旅行報告書』、56-58 頁

13. オーストリア図書館紀行

　今年の 2 月の初旬に、学内学術研究（総合研究）の調査のために短期間オーストリアとドイツを訪れたが、折角の機会なので図書館長としての役目も果たすべく、主目的の研究調査の合間を縫って、オーストリアの代表的な図書館を幾つか見学してみた。

　最初に訪れたのは、オーストリア国立図書館（Die Österreichische Nationalbibliothek）である。これは世界遺産のひとつ、ウィーン歴史地区の中心に位置するホーフブルク王宮の一角にある図書館で、かつてはハプスブルク家の宮廷図書館だったものである。「プルンクザール」（「豪華な広間」の意）と呼ばれる絢爛豪華な大広間は、1720 年代に皇帝カール 6 世の命によって、バロック建築の巨匠フィッシャー・フォン・エアラッ

ハ親子によって建造されたものであるが、これは「世界で最も美しい図書館のひとつ」と見なされている。

昨年の９月、科学研究費による研究調査のためにウィーンを訪れた際、実はこの図書館の見学を一度試みていた。しかしその日がたまたま月曜日だったため、あいにく図書館は休館していた（ヨーロッパの美術館や博物館などは、一般的に月曜日が休館日となっている）。諦めきれず翌日（帰国の当日）の午前に、再度訪れることを計画したが、図書館は午前10時にならないと開館しない。空港行きのリムジンバスの時刻表を照合したところ、大きなスーツケースを抱えた状態では、どんなに俊敏に行動したところで、所詮は無理であることがわかった。そこで後ろ髪を引かれる思いでウィーンを後にしたのであった。

それだけに今回は、主目的であったユーデンプラッツ（ユダヤ人広場）のレッシング記念碑の調査を終えると、ただちにホーフブルク王宮に赴いてプルンクザールの内部に足を踏み入れた。2015年2月3日、10時半を少し回った時刻であった。奥行80メートル、高さ20メートルの豪華な大広間には、精緻な金飾が施された大理石の円柱や茶褐色の書架が建ち並び、中央の円天井には美しいフレスコ画が描かれている。楕円形の高窓から差し込む光はやわらかく室内を照らしている。中央の床の上にはカール6世らの大理石の彫像やバロック調の地球儀が置かれている。意外にも写真で見るほど館内は色鮮やかではなく、20万冊ともいわれる古い皮装の書物も色褪せ古びた感じがする。しかしそれでいて全体はかぎりなく美しく静謐だった。

すでに小学生の一行とおぼしき20名ほどのグループが、案内役を兼ねた女教師の詳しい説明に熱心に耳を傾けながら、ホールの両翼の書棚に配架された夥しい数の書物と高い天井のフレスコ

画を、好奇あふれる真剣な眼差しで眺めていた。英語やドイツ語以外の言語を話す何組かの旅行客もいたが、彼らは一様にこの大広間の偉観に圧倒されている様子だった。もちろんわたしもその一

オーストリア国立図書館（プルンクザール）

人であった。書物に深くかかわる仕事をしているので、国内外の幾つもの図書館を利用したり見学したりしてきたが、間違いなくこれは自分にとっても圧巻といえる図書館であった。

　プルンクザールを含むオーストリア国立図書館全体には、複数の特別コレクションがあり、350万冊以上の書籍や定期刊行物のほか、夥しい数の写本、インキュナブラ（1500年までの印刷本の総称）、古代エジプトのパピルスなど、合計1000万点を超える所蔵品を誇っているという。かつて王侯貴族や聖職者や権力者たちは、図書館やアーカイブズに蓄積された知の遺産を独占することで、権力を確保し続けたといわれるが、ハプスブルク家の王宮図書館であったこの図書館は、間違いなく世界最大かつ最高級の宮廷図書館の有り様を今に伝えるものである。権力と知の不可避的な結びつきをあらためて実感しながら、ホーフブルクを後にした。

　つぎに目指したのは、リンクと呼ばれる環状道路の外に位置するリヒテンシュタイン庭園宮殿の図書館（die Bibliothek im Gartenpalais Liechtenstein）である。1800年にすでに4万冊の冊数を所蔵していた、リヒテンシュタイン侯爵家のこの図書館は、オーストリアでも有数の私設図書館であり、是非とも一目見

たいと思って訪れたが、残念ながら休館中で見ることができなかった。もしもう一度ウィーンを訪れる機会があれば、今度は是非とも見学してみたい。

　翌日は、ウィーンの西約80キロメートル、ドナウ川沿いのヴァッハー渓谷の断崖にそびえ立つメルク修道院図書館（Stifts-bibliothek Melk）を訪れた。メルク修道院（Stift Melk）はその起源を11世紀にまで遡るオーストリア最古のベネディクト派修道院で、その華麗な姿はしばしば「オーストリア・バロックの至宝」と称される。ウィーン西駅からREX（快速電車）に乗って1時間15分、駅を降り立つとすぐ目の前に壮大な建造物が現れた。メルクの町を見下ろす丘の上に圧倒的な存在感をもって聳えているのが、間違いなくメルク修道院にちがいない。11時のガイドツアーを事前にネット予約していたので、遅刻しないように急ぎ足で急な坂道をのぼった。

　夏の時期は何万人ものツアー客が訪れるというが、冬のこの時期は訪れる人も少なく、全部で6組くらいのツアー客しかいなかった。しかもわたし以外はすべてドイツ語のツアーガイドを希望したので、英語によるツアーガイドに参加したのはわたしだけだった。真っ赤なオーバーコートを羽織った美しい女性のガイド

メルク修道院図書館のツアーガイドの女性

の方は、「今日はプライベートのツアーガイドですね」と微笑みながら語りかけた。修道院の内部をめぐる約1時間のツアーガイドは、とてもリラックスした有意義なひとときであった。なにせ

一対一なので自由に質問もでき、おそらく通常だと聴けないような話もいろいろ聴くことができた。この修道院は設立当初から教育に熱心で、建物の一部は現在もオーストリア指折りのギムナジウムとして使用されており、約900人の男女の生徒が学んでいるそうだ。彼らは寄宿生活をしているのではなく、毎日自宅から通ってきているのだという。

　オーストリア・バロックの至宝といわれるだけに、修道院付属教会の内装はまばゆいほど豪華であった。とはいえ、ガイドの方の説明によれば、大理石の間や教会堂を美しく飾っている大理石の柱は、実は大部分が本物の大理石ではなく、コンクリートの上に漆喰を塗り、あたかも大理石のごとくに装飾を施した模造品だという。しかし大理石が調達できなかったとか、模造品の方が安かったからではなく、芸術的な観点からこのようなファブリケーションが採用されたのだという。実際、大理石の方がはるかに安く手に入るそうである。自然の造形を超える芸術的な人工物を制作しようとした芸術家兼職人の意気込みに頭が下がる思いがした。ともあれ、この話を聴いてそこにバロック精神の本質が垣間見られるようで、ガイドの方の説明をとても興味深く拝聴した。

　修道院の各種の部屋や、そこに陳列されている貴重な歴史的文化財は興味深かったが、わたしにとってやはり目を引いたのは修道院図書館であった。前日にオーストリア国立図書館を見た目には、そこまでの驚きはなかったものの、このバロック建築の2層造りの図書館は、プルンクザールと甲乙つけがたい華麗さと重厚さを誇っていた。プルンクザールではフラッシュを用いなければ写真撮影もOKとのことだったが、ここではいかなる写真撮影も禁止されており、その姿を伝えられないのが少々残念である。

　出入り口の中央の扉の脇には、金箔を施した4つの彫像が立っ

ている。それぞれ神学、哲学、医学、法学の学問領域を指し示している。それぞれ神学、哲学、医学、法学の学問領域を指し示しているのだという。中世の大学がこの４つの学部から成り立っていたことを、あらためて想い起した。パウル・トローガーという画家によって描かれた大閲覧室の天井のフレスコ画は、信仰を象徴する中央の女性を、「賢明」「公正」「勇気」「節度」を表わす４つの天使たちのグループが取り囲む構図となっている。大閲覧室に隣接する小閲覧室のフレスコ画には、「学問」のアレゴリーが描かれている。この図書館が完成された 18 世紀には、プロテスタントが支配的な国や地域では、啓蒙主義の運動が強力に推進され、伝統的なキリスト教信仰に対して理性主義（合理主義）が強調されていたが、カトリックが支配的なオーストリアにおいては、壮大華麗なバロック形式でもってキリスト教信仰と学問との調和・統合が主張されていたことを、オーストリアが世界に誇る２つのバロック建築の図書館見学を通じて、あらためて再認識させられた。「このあたりは夏の時期が本当に素晴らしいので、今度は是非夏に訪れてください」というガイドの方の言葉に、本当に夏にもう一度訪ねてみたいと思った。

　REX に乗ってメルクから再びウィーンに戻って最後に訪れたのは、ウィーン大学図書館（Universitätsbibliothek Wien）である。ウィーン大学を訪れたのはこれで３度目であるが、図書館を見学したことはまだ一度もなかった。オーストリア国立図書館もメルク修道院図書館も、もちろん現在でも利用されている図書館ではあるが、実際的・日常的な利用価値よりはむしろ歴史的文化財としての価値の方がはるかに高いといえるであろう。これに対してウィーン大学図書館は、全世界の大学図書館と同様、日々学生によって利用されている図書館であり、現在本学の図書館長を仰せつかっている自分としては、こちらにも大いに興味があった。

共同文化社が
あなたの本づくりを
お手伝いします。

研究成果、作品集、写真集、エッセイ集、自分史など
さまざまなジャンルの本の編集から製本までをお手伝いします。
本づくりを考えるうえで、疑問や質問がございましたら、
いつでも、ご相談ご連絡をください。

☎ 011-251-8078　FAX 011-232-8228
e-mail : info@kyodo-bunkasha.net

🌀 共同文化社
kyodo-bunkasha.net

あなたの本づくりを専門スタ

❖ 原稿づくりがこれからの方でも、ご相談ください

原稿をこれから作成するという段階でも文字原稿の作り方、写真、図表などの作り方について、アドバイスいたします。

❖ 本のことならどんなことでもご相談ください

本の判型、製本の種類、文字の大きさ、書体の選定など専門スタッフが、面談やズームを利用して、本づくりのご相談を承ります。

❖ 原稿は手書き原稿でも OK

原稿の表記揺れなどのアドバイスをはじめ書籍ごとのルール決めなど、読みやすい誌面づくりのためのアドバイスをします。

［共同文化社がお手伝いした本］

自治体の行政執行と法治主義

著者●秦　博美
判型●A5 判　並製本
頁数●484 ページ
定価：3,000 円＋税

人間の絆を求めて
～ガブリエル・マンセルと私～

著者●小林　敬
判型●A5 判　並製本
頁数●352 ページ
定価：2,300 円＋税

英語教育の諸相

著者●服部　孝彦
判型●四六判　並製本
頁数●194 ページ
定価：1,600 円＋税

学校体育事故への備え

著者●山口　裕貴
判型●A5 判　並製本
頁数●592 ページ
定価：3,500 円＋税

ﾉﾌがサポートします。

❖校正作業・誌面レイアウトについて専門的なアドバイス

著者との協働作業で誤りを正していきます。文章の表現や読みやすい誌面レイアウトになっているかなどアドバイスします。

❖本をつくるために経費はいくらかかるの

本を作成するためには、データ制作費、印刷費、製本費、用紙代などがかかりますので、何冊作成するのか、何頁になる本なのかが重要ポイントになります。

❖自分の本を書店の棚に並べてみたい

ISBN コード、JAN コードでの登録管理で道内主要都市の書店への流通をはじめ、Amazon などの取次店へ書誌データを登録し、全国からの注文に対応します。

占領下の児童出版物と
GHQ の検閲
―ゴードン W. プランゲ文庫に探る―

著者●谷　暎子
判型● A5 判　上製本
頁数● 646 ページ
定価：7,000 円＋税

多様性を活かす教育を考える
七つのヒント
オーストラリア・カナダ・イギリス・
シンガポールの教育事例から

著者・編者●伊井　義人
判型●四六判　並製本
頁数● 160 ページ
定価：1,800 円＋税

俺のモシリ
―オホーツク森の七つの物語

著者●上伊澤　洋
判型● A5 判　並製本
頁数● 212 ページ
定価：1,200 円＋税

土木技術を未来へ
はしわたしする 12 のことば

著者●続・橋が教えて
　　　くれたもの編集
　　　委員会
判型● A5 判　上製本
頁数● 96 ページ
定価：1,600 円＋税

◆**本づくり豆知識** ── 本の規格と標準的な文字数

四六判 （188×128㍉） 43 字×16 行
Ａ５判 （210×148㍉） 縦組 47 字×17 行
Ａ５判 （210×148㍉） 横組 32 字×27 行
Ｂ５判 （257×182㍉） 縦組 59 字×21 行
Ｂ５判 （257×182㍉） 横組 38 字×33 行

◆◆◆あなたの本づくりを応援します。◆◆◆

自費出版専門会社の株式会社アイワード
本社ビル内にオフィスがあります。
サッポロファクトリー３条館真向かいです。
是非お気軽にご相談ください。

お客様専用駐車場を用意しています。

共同文化社
kyodo-bunkasha.net

〔お問い合わせ先〕
〒 060-0033　札幌市中央区北３条東５丁目
電話 011-251-8078　FAX 011-232-8228
e-mail：info@kyodo-bunkasha.net
https://www.kyodo-bunkasha.net/

21070077.3000

　図書館は、ショッテントーアの市電の停留所に隣接したメインキャンパスの建物の一角にあり、冬学期の最中だったこともあり学生で賑わっていた。ウィーン大学は 1365 年に創立されたので、中欧でも最も由緒ある大学の一つである。ボローニャやパリ、オックスフォードやケンブリッジには後れを取るものの、プラハと並んで中欧で一二を争う古さを誇っている（ちなみに、ドイツで一番古いハイデルベルク大学の創立は 1385 年である）。メインキャンパスの堂々たる建物のなかにある現在の中央図書館は、1884 年に建てられたものだという。

　本学の母胎となっている「北海英語学校」が産声を上げたのが明治 18 年、西暦でいうとちょうど 1885 年に相当するので、ウィーン大学の現在の中央図書館はそれよりも 1 年早く建てられたことになる。したがって 130 年の歴史を有しているので、この間に内装を含め何度かのリフォームを経験しているであろうが、重厚さと機能性を兼ね備えた素晴らしい図書館であると思った。

ウィーン大学図書館の閲覧室

入口のカウンターの女性に、日本からやって来た大学教授だと告げると、「どうぞ自由にお入り下さい」と、身分証の提示も求めずに入館を認めてくれた。閲覧室は四方とも2階の天井近くまでぎっしりと書物が配架されており、そのなかで学生たちが真剣に学んでいる姿を見て、大学図書館は本来こうでなければならない、しかし本学の現状はどうであろうか、と自問した。もちろんPCを持ち込んでいる学生も少なからずいて、古い歴史と伝統のなかにも現代的感覚が息づいている。ここの図書館には現在、700万冊の書物と62万冊のe-ジャーナル、1300のデータベース、4万7千冊のe-ブックが所蔵されており、登録された利用者数は7万6400人ほどだという。いずれをとっても本学の図書館とは比べ物にならないが、やはり図書館は大学の顔である。ひとは大学図書館を訪れてみれば、その大学のレベルがどの程度かおおよそ見当がつく。派手な広報や宣伝、人目を引く建物などよりも、知の宝庫であり拠点としての大学図書館の位置づけと、そこで勉学している実際の学生たちの姿こそが、その大学の良否をよく示していよう。いずれにせよ、われわれは図書館の整備と改良にもっと意を用いなければならない。学生たちが利用したくなり、また誇りに思えるような図書館、そういう図書館を目指してもっと頑張る必要がある。

　今回の旅は、図書館見学が主目的ではなかったが、にもかかわらず、オーストリアの代表的な図書館を3つも訪れることができたことは、実に貴重な体験であった。今後この体験を本学の図書館の充実化のために大いに活かしていきたいものである。

2015年4月、『図書館だより』第37巻第1号、6-10頁

14. 「文化国家」とわが国の文教政策

8月24日から9日間ほどドイツの諸都市を旅してきた。目下の研究テーマであるシュライアマハー（Friedrich Daniel Ernst Schleiermacher, 1768-1834）とヘーゲル（Georg Wilhelm Friedrich Hegel, 1770-1831）のみならず、長年取り組んでいるレッシングとトレルチにもゆかりのある都市として、シュトゥットガルト、ゲッティンゲン、ワイマール、イェーナ、ハレ、ドレスデン、マイセン、アルゴイ地方、ミュンヘンと回ってきたが、これらの諸都市には近代ドイツの精神文化を主導してきた思想家・芸術家・文化人たちの足跡が、いまも様々な仕方で残っている。それはそれぞれの都市とその住民が、こうした偉大な人物たちの足跡を大切に保存し、歴史的文化財としてあるいは記念碑として、しっかり守り続けているからであり、またそうした実践を支える人文学的伝統が脈々と息づいているからである。

シュトゥットガルトにあるヘーゲルの生家は、現在ヘーゲル・ハウス（Hegel-Haus Stuttgart）として一般公開されている。開館10分くらい前にそこを訪れると、5、6歳の男児を連れた30代と思しき男性が、すでに扉の外で開館をいまや遅しと待っていた。入館すると男児は各種の展示物を興味深そうに眺め、父親にいろいろな質問をしていた。わが子の問いに丁寧に応じつつ見学していた父親は、帰り際には自身が館員にかなり専門的な問いを発していた。どうや

ヘーゲル・ハウスの陳列室

ら彼はヘーゲルゆかりのある建物の所在を尋ねているようであった。父親が子連れでこの種の記念館を訪れる光景は、わが国ではほとんどお目にかかれないので、この出来事はひときわ印象に残った。

ICE（Intercity Express：主要都市間を最高速度300キロで走る都市間超特急）で北上すること3時間少々、ゲッティンゲンは42人ものノーベル賞受賞者を輩出しているドイツ屈指の大学町である。トレルチは1891年にこの大学で博士号を取得した。わたしもかつてここでトレルチに関する博士論文を書き上げた。久し振りに訪れたゲッティンゲンは、いろいろと大きく変化していたが、それでも昔ながらの風情はそのまま留めていた。ゲンゼリーゼル（がちょう番の娘）の像のあるラートハウス（市庁舎）前の広場の脇には、物理学実験で有名なリヒテンベルク（Georg Christoph Lichtenberg, 1742-99）の銅像が立っている。ゲッティンゲン大学を象徴するこの偉人は、わたしの背丈もないほどの矮人であるが、その学問的精神はいまでもこの大学町に息づいている。商業主義と世俗主義が進行するなかにあって、このような記念物が市中にさりげなく設置してあることの意義は非常に大きい、と言わざるを得ない。

ワイマールの国民劇場の正面の広場には、あのゲーテとシラーが並んで立っている有名な銅像が設置してある。ドイツ古典文学の二大巨匠が活躍したこの町には、彼らにゆかりの建造物のみならず、ヴィーラント（Christoph Martin Wieland, 1755-1815）、ヘルダー（Johann Gottfried Herder, 1744-1805）、リスト（Franz Liszt, 1811-86）などの記念碑もあるし、あの有名なアンナ・アマーリア図書館（Herzogin Anna Amalia Bibliothek）もある。是非とも閲覧したいと訪れてみたが、すでに一日の閲覧者

国民劇場前のゲーテとシラーの像

人数をオーバーしており、今回はその目的が達成できなかった。

　ワイマールから電車で20分少々のイェーナも、かつてはドイツの学芸の一大中心地であった。シラー（Friedrich von Schiller, 1759-1805)、シュレーゲル兄弟（August Wilhelm von Schlegel, 1767-1845; Friedrich von Schlegel, 1772-1829)、ティーク（Ludwig Tieck, 1773-1853)、フィヒテ（Johann Gottlieb Fichte, 1762-1814)、シェリング（Friedrich Wilhelm von Schelling, 1775-1854)、ヘルダーリン（Friedrich Hölderlin, 1770-1843)、ヘーゲルなど、ドイツロマン主義およびドイツ観念論を代表する学者や文人たちが、この地で交流し影響を及ぼし合ったのであるが、その足跡は今でも随所に残っている。イェーナ・タワーの展望台から見える町の光景は壮観そのものであったが、このタワーに象徴される社会主義時代の無機質な建造物が点在しているためか、現在

のイェーナは調和と潤いに欠けているとの印象を拭いきれなかった。

　作曲家ヘンデル（Georg Friedrich Händel, 1685-1759）を生んだ町として知られるハレは、かつてドイツ啓蒙主義の哲学者ヴォルフ（Christian von Wolff, 1679-1754）が影響力を行使した大学町である。シュライアマハーはこの大学で学び、のちにここで大学教授のキャリアをスタートさせた。古典文献学者のヴォルフ（Friedrich August Wolf, 1759-1824）も当時この大学で教鞭を執っており、そこに次代を担うアウグスト・ベーク（August Boeckh, 1785-1867）が入学してきて、この２人の薫陶を受けて天与の才能を開花させた。しかしイェーナの戦い（1806）に勝利したナポレオン軍は、プロイセン屈指のこの大学を閉鎖してしまったので、彼らはやむなくベルリンへと移住し、フンボルト（Wilhelm von Humboldt, 1767-1835）やフィヒテなどと協力して、1810年に創立されたベルリン大学の中核的メンバーとなるのである。シュライアマハーが住んでいたグローセ・メルカーシュトラッセ21の建物には、1804年から1807年まで彼がここに住ん

シュライアマハーの旧居に関する
プレート

でいたことを示すプレートが嵌め込まれている。そこから駅に戻る途中にうっかり迷い込んだ一角には、敬虔主義者のフランケ（August Hermann Francke, 1663-1727）の銅像が立っており、周囲には彼が設立した学校・孤児院・養老院が建ち並んでいた。この偶然の迷い込みによって、かつてハレが啓蒙主義と敬虔主義という対極的な運動

の中心地であったことを想い起した。

　ドレスデンには 3 年連続で足を延ばしているが、それはこの都市がザクセンの文化的中心地であるのと、レッシングの生地カーメンツや彼がギムナジウム時代を過ごしたマイセンが、ローカル線で 1 時間以内の範囲にあるからでもある。ドレスデンの歴史的な旧市街の中心には、第 2 次世界大戦で粉々に破壊されたフラウエンキルヘが、いまは立派に修復されて往時の雄姿を再現している。だが、一部のすっかり黒ずんだ元の大理石と、大部分を構成する新しい白い大理石の斑模様は、北ドイツ最大のこの大聖堂が辿ってきた苦難の歴史を雄弁に物語っている。それに隣接するアルベルティヌムという美術館には、ドイツロマン主義を代表する画家のフリードリヒ（Caspar David Friedrich, 1774-1840）の作品が数多く収蔵されている。一般の入館者はほとんど気づかないであろうが、2 階の彫刻ギャラ

リーにはレッシングの見事な立像が安置されている。近くに置かれているゲーテとシラーの立像のミニアチュアに比べて圧倒的な存在感に、レッシングの孤高な精神性の高さを感じずにはおれない。

　マイセンで生産される白磁（マイセン陶磁器）はドイツが世界に誇る第一級品であって、これは単なる工芸の域を超えたものであ

レッシングの像

る。双剣のマークと清楚なブルーオニオンの模様で知られている
が、近年はカラフルな創作模様にも挑んでおり、その芸術性の高さ
は同業種のなかでも群を抜いている。時間の関係で今回はカーメン
ツには行けなかったが、その小邑にはレッシング博物館（Less-
ing-Museum Kamenz）があり、レッシング関係のさまざまな資料
が展示してある。辺鄙な片田舎ですら第一級の記念館を有してい
ることは、文化国家としてのこの国の質の高さをよく示している。
　ミュンヘンの南部のドイツ・アルプス地方はアルゴイと呼ばれ
るが、そこには30年来の友人のホルスト・レンツ氏が住んでお
られる。到着したその日はのどかな田園風景を見晴らすテラスで
歓待を受け、ワイングラス片手に遅い時間まで語り合った。翌日
は彼の運転する車で世界遺産の巡礼教会ヴィースキルへを訪れ
た。今度で3度目の訪問であるが、ここはいつ来ても気持ちが安
らぐ。その足でさらにシュタルンベルク・ゼー（See といって
も海ではなく湖）の畔にある古い別荘を訪れた。

シュタルンベルク・ゼーのトレルチゆかりの別荘

　この湖畔はミュンヘンの富裕層の避暑地として有名であるが、トレルチは 1922 年、最後の夏をここにある別荘で過ごし、最晩年の大作『歴史主義とその諸問題』の校正をここで行った。彼の弟子でのちにカトリックの女流作家として名を挙げたル・フォール（Gertrud von le Fort, 1876-1971）が、生前のトレルチに最後に会ったのもこの別荘においてであった。その別荘を買い取ったミュンヘンの富豪の娘は、父親から譲り受けた別荘をいまも当時の状態で使い、トレルチが使っていた机も蔵書もそのままに保存されていた。通常は立ち入りできない私人の別荘ながら、わざわざ日本からやってきたトレルチ研究者ということで、所有者のご厚意で特別に見せてもらうことができた。快適な空間にリフォームしようとすればいくらでもできるのに、やはりトレルチが使用していた別荘だったということで、2 階の書斎だけは 1 世紀近く前のままにしてある。そこに歴史的文化財を重んじるドイツ人の気概を感じずにはおれなかった。

　ドイツ滞在の最後の日は、ミュンヘンのやはり 30 年来の友人 F・W・グラーフ氏（ミュンヘン大学名誉教授）の自宅を訪れ、お茶とケーキをご馳走になった後、彼の作業場たる書斎に案内された。トレルチの批判校訂版 KGA（Kritische Gesamtausgabe）の編集に関する最高責任者として、彼の作業場には夥しい一次資料がところ狭しと置かれている。それらをひとつひとつ取り出しながら、トレルチの

畏友グラーフ氏とともに
（ニュンフェンブルク庭園内のビアガーデン）

KGA の編集作業がどういう手順で進められているかの説明を受けたが、人文学の素養と熟練なしにはかかる編集作業は一歩も進捗しないことを痛感した。それから連れ立ってニュンフェンブルク庭園内のビアガーデンに出掛け、夜が更けるまで神学や人文学の将来について意見を交わした。

帰国した翌々日、時差ボケも解消しない状態で東京に学会出張した際、わずかな時間を見つけて千駄木にある文京区立森鷗外記念館に足を運んだ。1 年前に一度訪れたが、この 3 月に島根県の津和野にある鷗外の生家と記念館を見学して一層関心を深めたので、再訪問しようと思ったのである。さて、前回は見落としていた鷗外の言葉に、あらためてこの「石見の人」の偉大さと、わが国の現今の文教政策の危うさとを思った。「學問の自由研究と藝術の自由発展とを妨げる國は榮える筈がない」（森鷗外「文藝の主義」、『鷗外全集』第 26 巻、425 頁）。実用的な学問のみを偏重し、国立大学から人文社会・教育学系を減らして再編しようとする政府ならびに文部科学省の目下の方針は、文化国家ドイツの真逆の道をひた走るものではなかろうか。

そもそも記念館や記念碑は、過去の偉業や足跡を後世に伝え、記憶が風化して忘却の彼方に消滅するのを防ぐために存在する。今回のドイツ旅行で再確認したのも、文化国家に不可欠な「記憶文化」（Memorialkultur）の大切さである。しかし記憶文化を生き生きとした状態に保つためには、人文学的な知の営みを国家的にあるいは市民的に支える制度と実践が絶対的に必要である。というのも、人文学という学問は、自然的事象を客観的に観察・実験・記録し、普遍的な法則へともたらそうとする自然科学と異なり、おもに過去の人間が残した遺物、文献、作品、社会的文化的制度などを対象として、他の人間主体が過去におこなった認識・

表現活動を、その痕跡としての文化的所産を介して、間接的に再認識しようとする知的活動だからである。それは何らかのメディアを通じて伝達された過去の痕跡を手掛かりに、過去の人間の自由な精神活動の所産を、追体験的に再構成してふたたび認識へもたらそうとする営みにほかならない。かかる人文学の価値を軽視する国家は、「国防国家」とはなり得ても、「文化国家」として存立することはできない。安保法案を力ずくで押し通した現政権の背後に見え隠れするのは、実はかかる「国防国家」の姿であって、それはかつて歩んだ邪路への逆行以外の何物でもない。われわれはいまこそ声を挙げて「文化国家」への路線に転轍すべきであろう。

2015年12月、『図書館だより』第37巻第3号、2-4頁

15. 人文学を学ぶ意義

「パンのための学問」という言葉がある。これは就職に直結する実利的な学問、いわゆる実学を指しているが、現今このような学問がもてはやされている。一例を挙げれば、傷病者の手当てや世話についての理論および応用実践として、看護学という学問がある。看護学部を擁する大学は、1991年には全国にわずか11校しか存在しなかったが、2014年には226校にまで急増している。これは極端な事例であるとしても、当今の花形は実学的な学部・学科であり、理論的・基礎的研究を主とする学部・学科は総じて影が薄い。ご多分に漏れず、人文学は久しく苦境に立ち、いわば恒常的な退却戦を強いられている。科学技術と経済の発展が至上価値となった現代において、《非実学》としての人文学を学ぶ意義は一体どこにあるのだろうか。

「パンのための学問」という言葉は、Brotstudium ないし Brotwissenschaft というドイツ語に由来する。大型のドイツ語辞典 *Duden* によれば、この語は「愛好によるよりも相当の収入が見込めるがゆえに選択される大学での勉強」(Studium, das weniger aus Neigung als wegen der Aussicht auf einen auskömmlichen Verdienst gewählt wird) という意味だという。たとえば、シラーの 1789 年のイェナ大学教授就任講演のなかに、その用例を見出すことができる。

> パンの学者 (der Brotgelehrte) が自分の前に描く勉学の計画と、哲学的頭脳の人が自分の前に描くそれとは、異なっている。勉強に際して、ただただ、何かの官職に就く力ができて、それの利益を分けてもらえるための条件を満たすことだけを目的とするような人、己の精神の力を動かすのは、ただ、それによって、自分の物質的な生活状態をより良くし、また、つまらぬ名誉欲を満足させるためのみであるような人――そのような人は、大学生としての経歴にはいる際において、彼がパンのための勉学 (Brotstudien) と呼んでおるところの学問を、そのほかの、精神をただ精神としてだけ楽しませるような、他のあらゆる学問から、じつに念入りに区別しておく、そのことよりももっと重大な関心事を持たないであろう。(シラー、新関良三訳「世界史とは何か、また何のためにこれを学ぶか」、『シラー』(世界文学大系 38)、筑摩書房、1959 年、94-95 頁)

シラーの用法によれば、人文学はさしずめ「精神をただ精神としてだけ楽しませるような」学問の部類に属する。この種の学問はたしかに実社会のニーズに直接的に応えることはできない。そ

の意味でこうした《非実学》はときに《虚学》とも呼ばれるが、しかし虚学もそれなりの仕方で実生活・実社会に寄与し得る。同僚の追塩千尋教授（中世仏教史専門）は、人文学を「人間基礎学」と名づけ、これを後からじわりと効いてくる漢方薬に譬えておられるが、まさに人文学は人間基礎力を育成する学問であると思う。漢方薬は一般に即効性はないものの、本質的な体質改善を促し、長い目で見ると病気の治癒や健康の維持に役立つ。同様に、人文学は人間形成に一役買い、実人生を生きる上で必須の思考力と判断力を培う。

　ベルリン大学の設立者のヴィルヘルム・フォン・フンボルトも、大学教育が人間形成に果たす役割を重視した。彼は近視眼的に実用主義的効用を重んずる専門学校を批判し、専門的な職業準備教育よりも一般陶冶をめざす教育を尊重した。職業は人間を特定の領域に固定するので、人間を不自由かつ偏狭にする。それゆえ、一般的な人間形成が職業人形成に先行しなければならないというのである。彼は人間性（フマニテート）を教育の基本に据え、人間に賦与されているあらゆる個人的な能力を、自覚された高度の個性にまで発展させようとした。一般陶冶が強調されるゆえんである。彼の教育理念は「学問による教養」（Bildung durch Wissenschaft）という標語でしばしば言い表わされる。しかしフンボルト理念は今日識者の厳しい批判に晒されている。彼の大学理念はあまりにも現実離れした理想だというのである。「フンボルト理念の終焉？」（潮木守一）が囁かれるゆえんでもある。

　大学のユニバーサル化が進行しているわが国では、たしかにエリート教育をめざすフンボルト理念は、一定の修正を余儀なくされている。しかしその理念を支えている基本的精神まで無効になったわけではあるまい。フンボルトは、ベルリン大学設立の建

白書のなかで、「学校では用意され出来上がった知識を教えたり学んだりするのに対して、高等学術施設〔としての大学〕では学問をいつもまだ解決されていない問題として取扱い、そのためにいつも研究を続けるという特徴がある。それに対して学校は、ただ既成の知識、まとめられた知識だけを取り扱い、それを学ぶのである」（フンボルト、C・メンツェ編『人間形成と言語』以文社、1989年、177頁）、と述べている。つまり、高校までの「学校」は出来合いの知識の学習と伝授を主眼としているが、「大学」は不断の真理探究に従事する研究機関であり、教師も学生も「学問のために存在している」のだという。

　さて、大学は不断の真理探究に従事する研究＝教育機関であり、そこにおいては「学問による教養」が枢要であるというフンボルト理念のなかに、わたしは人文学の意義と役割についての重要なヒントを見出す。鍵となるのは《教養》と《研究》である。人文学は、本来、この両契機の絶妙なバランスのうちに成り立つものであろう。しかし今日では《教養》が雲散霧消して、《研究》に圧倒的な比重が置かれている。人文学から《教養》の契機が抜け落ちて《研究》一辺倒になったところに、「人文科学」という変異体が出現してくる。人文学の今日の苦境は、自然科学と社会科学の飛躍的発展ということだけではなく、人文学が人文科学に変質したことにもその原因があると思う。

　これはわたしの根本的テーゼであるが、人文学（humanities）と人文科学（human science）は区別されなければならない。西洋の人文学はルネサンス期の「フマニタス研究」（studia humanitatis）を母胎としている。古代ローマのキケロにまで遡るこの用語は、「古典的人間教養研究」とでも訳されるもので、フマニタス＝人間形成に照準を合わせた学知の探究を意味してい

る。それはスキエンチアすなわちサイエンスではなく、むしろド
クトリーナあるいはラーニングに属する学知である。自然科学と
は別種のサイエンスを自任する人文科学とは違って、勝義におけ
る人文学は、統合的原理として「人間性」の理念を中心に据え、
人間とその文化を総合的な視点のもとに探究する学問である。人
文学は、それを学ぶ者自身が学習課程を通じて精神的陶冶を体験
できるような、人間形成的な学問でもある。だが問題は、統合的
原理として機能してきたフマニタス＝人間形成の理念が、今日厳
しい批判に晒されており、容易にこれを掲げることができないこ
とである。すなわち、フマニタスの理念は、白人の中産階級の男
性を自明なモデルとしており、女性や子どもの存在が十分に顧慮
されていない、それは西洋中心主義を根幹から支えそれを反映し
ている、という批判である。この難局を打開するためには、われ
われはグローバルな視点からの西洋的なフマニタス概念の批判的
検証へと赴かざるを得ない。「グローバル化時代の多元的人文学」
（京都大学）の構築が急務となる
ゆえんである。

　しかし人文学とは何かを講ずる
ことは、学問の専門化が進んだ今
日では、思いのほか困難である。
拙著『人文学概論―新しい人文学
の地平を求めて』（知泉書館、2014
年）――増補改訂版は、『人文学概
論―人文知の新たな構築をめざし
て』（知泉書館、2018 年）――が
意外に反響を呼んでいるのは、こ
の種の書物が従来ほとんどなかっ

拙著『人文学概論　増補改訂版』の
表紙カバー

たからであろう。キリスト教学を専門とするわたしは、トレルチ研究から出発して、レッシング研究へと導かれ、さらにそこからセバスティアン・フランク、アウグスト・ベーク、シュライアマハーなどの研究へと歩を進めてきたが、人文学を正面から問うたことはついぞなかった。ところが、自らが主導したカリキュラム改革の結果、人文学概論の講義を担当せざるを得なくなり、そこで書き下ろしたのがこの小著である。したがって、これはいわば速成の力業の産物以外の何物でもない。

　ここで種明かしをしておけば、上記の書物は、19世紀以来のフィロロギーの伝統と現代の哲学的人間学から決定的なインスピレーションを与えられている。すなわち、ベークの「認識されたものの認識」（Erkenntnis des Erkannten）という定式と、カッシーラーの「シンボルを操るもの」（animal symbolicum）という人間理解が、全体の構造を規定している。人文学という学問は、自然的事象を客観的に観察・実験・記録し、普遍的な法則へともたらそうとする自然科学と異なり、おおむね過去の人間が残した遺物、文献、作品、社会的文化的制度などを対象として、他の人間主体が過去におこなった認識・表現活動を、過去の人間の痕跡としての文化的所産を介して、間接的に再認識しようとする知的活動である。自然科学や一部の社会科学が、原初的・直接的な認識（γιγνώσκει）という性格をもっているとすれば、人間の精神活動の産物を対象とする人文学は、むしろ再認識（ἀναγιγνώσκει）という特徴をもっている。それは何らかのメディアを通じて伝達された過去の痕跡を手掛かりに、歴史の不可逆性と一回性とに規定された過去の人間の自由な精神活動の所産を、追体験的に再構成してふたたび認識へともたらそうと努める。人文学はそれゆえ、「認識されたもの

の認識」という自己再帰的（self-reflexive）な、多重的な入れ
子構造をその特質とする。その際、ドロイゼンやディルタイが
言うように、人文学は自然科学とは違って、「説明」ではなく、
主に「理解」という認識方式に依拠する。つまり、人文知は解
釈による理解という読解の技術を必要とする間接知なのであ
る。しかし自然科学的な直接知であれ、人文学的な間接知であ
れ、そもそもこのような学知が可能となるのは、実は人間存在
のロゴス的（言語＝理性的）構造——ζῷον λόγον ἔχον（言葉を
もっている生き物）——によっている。カッシーラーはこれを
「シンボルを操るもの」として読み解いたが、人間存在のかかる
言語＝理性的な特質ゆえに、人間の精神活動とその所産としての
文化が可能となり、神話、宗教、言語、芸術、歴史、科学などの
営みが成立するのである。

　さて、それではかかる人文学を学ぶ意義はどこにあるのだろう
か。卑見を述べれば、人文学は「人間とその文化を総合的に探究
する学問」なので、人間文化の種々のアスペクトを対象として論
究する。しかしそれは専門化・細分化した個々の部分ではなく、
各部分の連関の総体としての全体を、つねに視野に入れておかな
ければならない。そのためには、ある種の人間学（とりわけ哲学
的人間学）が不可欠である。サイエンスとしての人文科学は、必
ずしも哲学的洞察を必要としないが、人間とその文化をトータル
に問題とする人文学には、哲学的人間学の識見は必須である。い
ずれにせよ、人文学を学ぶことを通して、ひとは多くの所与を総
合的に概観し、それらの間に働く意味関連を発見して、問題の所
在＝トポスがどこにあるかを見抜く能力と技術を磨くことができ
る。人文学を学ぶ一つの意義は、トピカと呼ばれるこのような総
合的な判断力を身につけることにある。それと同時に、古今東西

の各種の文献資料の読解や現地調査などを通じて、ひとは自分の頭でものを考えることができるようになる。Selbstdenken すなわち自立的思考は、グローバル化した現代の知識情報社会において最も必要とされるものである。人文学はそうした総合的な思考力を培う。人文学は現代社会において不用であるどころか、むしろいまこそ必要な総合学なのではなかろうか。

2015 年 7 月、『創文』2015 夏 No.18、1-3 頁

16. わたしの逸本

　　わたしが選んだ「トップの逸本」は、A・J・クローニンの『青春の生きかた』という文学書です。わたしは必ずしも多読な人間ではなく、月に何冊くらい読むかと問われても、せいぜい3、4 冊くらいなものです。それもここ何十年間かは、もっぱらドイツ語や英語の専門書・研究書が主で、そういうものはここで

『クローニン全集』第 13 巻
『青春の生き方』

の趣旨にそぐわないでしょう。そこでそういう専門書・研究書を除外して、自分の人生に大きな影響を与えた書物は何だろうかと、今回改めて考えてみました。C・S・ルイスの『悪魔の手紙』や高橋和巳の複数の著作、ホーソンの『緋文字』やレッシングの『賢者ナータン』など、いろいろな候補が思い浮かびましたが、自分にとっての逸本としては、クローニンの『青春の生きかた』を挙げる

ことができます。

　この本を読んだきっかけは、「わが青春のとき」というテレビドラマを見たからです。これはA・J・クローニン（Archibald Joseph Cronin, 1896-1981）の *Shannon's Way*（邦訳は竹内道之助訳『青春の生きかた』三笠書房、1961年初版）という原作をもとに、日本風にアレンジされたドラマでした。調べてみると、1970年（昭和45年）2月16日から4月6日にかけて全8話で放映されています。ちょうど京大受験（3月3～5日）と合格しての上洛とがその途中にありましたので、2、3回は見損なったはずです。当時はビデオもありませんでしたので、放映時に見ないとそれまでです。にもかかわらず、このドラマに大変感銘を受けて、自分も真理探究に一生をささげたいと思いました。つまり自分をドラマの主人公の武川和人に重ね合わせたというわけです。

　しかし実際に大学に入学してみると、わたしが選んだ工学部合成化学科というところは、自分が夢想したものとはずいぶん異なっていました。そのギャップに悩んだ末、結局その2年後に文学部哲学科に転部しました。その過程で原作の『青春の生きかた』を買って読みました。すっかりクローニンファンになって、『天国の鍵』などの他の作品もいろいろ読みました。もう46、47年も前のことです。全8話のテレビドラマも先ごろリマスター版が出ましたので、改めて見直してみました。

　配役が誰だったかすっかり忘れていましたが、主役は石坂浩二でその恋人役が樫山文枝でした。脚本を書いたのが倉本聰さんだったことも、今回初めて知った次第です。余談ですが、わたしは倉本さんの『北の国から』の大ファンで、黒板五郎はある意味で自分の理想像でもあるのですが、つい先日終了した「やすらぎ

の郷」（倉本聰脚本、石坂浩二主演）もビデオにとって、毎晩家内と2人で興味深く見ていました。しかし高校卒業前後に大きな影響を受けたあのドラマが、実は倉本さんが脚本を書かれたものだったと知って、なんとも不思議な縁というか繋がりのようなものを感じた次第です。どこか同質的なものがあるのかもしれません。

　さて、原作と映像化されたものでは登場人物や舞台設定などに違いがありますが、本質的な部分では原作の中心テーマをよく押さえています。但し、キリスト教学者としてのわたしの立場からいえば、倉本さんの脚本における一番の問題点は、キリスト教作家クローニンの核心部分が完全に黙殺されていることです。クローニンはいろいろな作品でキリスト教信仰にまつわる問題点を取り上げているのですが、日本の視聴者向けにアレンジされた倉本聰さんの脚本では、キリスト教あるいは信仰の問題は全面的に抜け落ちています。しかし倉本さんを責めるつもりはありません。カトリックとプロテスタントの宗派対立の問題は、われわれ日本人には容易に理解し得ぬものだからです。いずれにせよ、わたしは原作を読むことで、テレビドラマでは覆い隠されていた信仰部分に興味をいだき、紆余曲折を経てこの分野の研究者になったわけです。以下では原作についてお話いたします。登場人物や舞台設定などはほぼ以下の通りです。

　この小説が発表されたのは1948年ですが、時代設定としては1919年12月5日から1921年10月までですので、第1次世界大戦後のヴェルサイユ体制の時代だといってよいでしょう。そして小説の舞台はスコットランドのウィントン（Winton, ウィントンは架空の地名でグラスゴーがモデル）とその近辺の田舎町です。

　主人公の若い医学者で細菌学者のロバート・シャノンは、ス

コットランドのウィントン大学の病理学部の研究室勤務のかたわら、未知の伝染病の桿状菌を発見しようとして、寸暇も惜しまず困難な実験に取り組んでいます。同じ病理学部の女子医学生ジーン・ローは、真理探究に情熱を傾けるシャノンを心から尊敬し、彼に清く美しいひたむきな愛情をささげます。物語は２人の恋愛感情の高まりと彼らに立ちはだかる結婚の障害──２人の宗派の違いと、ジーンには親の定めた許婚マルカム・ホッドンがいるということが、最大の要因です──、そして伝染病の原因を究明しようとするシャノンの一途な学問的努力という、この２つのポイントを主軸としながら、古い大学の権威主義的体質、俗物主義と拝金主義、カトリックとプロテスタントの根深い宗派対立、友情と不倫など、現代でもアピールする多彩なテーマを横糸として絡めながら、ドラマティックに展開していきます。

　医科大学を最優秀で卒業したシャノンは、類まれな研究能力の持ち主ながら、俗物の教授で学部長のアッシャーの言いなりにならなかったために、研究室を追われる羽目になります。大学の研究室を追放されたということは、研究者にとっては死亡宣告されたのも同然ですが、そういう劣悪な状況のなかでシャノンは、幾多の迫害や障害と闘い、勤め先を転々としながら、それでも志を捨てずに、自分の立てた仮説を実証すべく困難な実験に挑み続けます。物語の終焉近くで、彼はついに病原菌の発見に成功します。しかしやっと成功した実験の成果を学会に発表しようとした矢先、一足先に米国の学者が全く同じ病原菌の発見を発表していたことを知ります。シャノンは失意のどん底に突き落とされ、心身ともボロボロになって病の床に伏しますが、そこへすでにホッドンと結婚してアフリカの医療奉仕に旅立ったはずのジーンが現れます。彼女はホッドンとの婚約を解消したこと、シャノンとと

もに生きる決意を固めたことを伝え、2人で新たな研究の道に旅立つことを誓い合うところで物語は閉じられます。

　次に、わたしが特に感銘を受けた作中のくだりをいくつか抜き出して紹介してみます。まずシャノンにとって研究が具体的にいかなるものかを示している箇所です。

　　　独創的な研究というものは、芸術的な感興のうちに達成できるようなものではない。夜明け前からあくせくと迷宮の道をたどったり、或いはシジュフォスのように、休みなく山上へ石をころがし上げなければならないのである。（45頁）

それはまた俗物教授のアシャーの理解し得ぬ、真理探究の内発的な衝迫に動機づけられています。曰く、

　　　アッシャーが理解してくれなかったのは、わたしの研究を動機づけた、霊感といってもいいような、内的強迫のことだった。科学者としての良心を裏切らないかぎり、この研究を放擲することは思いもよらない。あの伝染病、あの珍しい桿状菌に関する真相を究めたいという欲望は、おさえられるものではなかった。（55頁）

研究あるいは真理探究の喜びをシャノンと共有する老教授チャリスが、自らの若きパリ留学時代について語る言葉も感銘深いものです。

　　　「その時分は金がなかったが」教授はくっくと笑いながら、バルビゾンですごした日曜のことを語ってきかせたりしてから、「いまだって素寒貧さ。しかし、わたしはいつも幸福だったよ、世の中の何をやるよりも、研究をしていることでね」（178頁）

研究を成し遂げたときのシャノンの無上の喜びと満足感は、以下のように綴られています。

　〔……〕十時十五分前、すべては終わった。いろいろ苦労はしたものの、とうとう先人未踏の山頂に到達し、眼前に展開する未知の国ぐにを見下ろすことができるのだ。
　私はぐらっとめまいを感じて、思わず仕事台のふちにすがりついた。あまりのうれしさから、耳のなかで唸っている物音が、いつか遠くからきこえてくる音楽になっていた。かすかに、やがて、はっきりと、それが天国で奏でられる交響曲の旋律のように思われてきた。〔……〕（245頁）

　最後に、以下のことばは実は原作には見出せず、あくまでも倉本聰さんが脚本を書かれたドラマの中の台詞ですが、老教授チャリスに相当する笠智衆扮する野田彦次郎先生は、タッチの差で別の大学の研究班に先を越され呆然自失の主人公の武川和人に向かって、しばしの沈黙ののち次のように問いかけます。

　「君は学者というものは一体どこに価値があるものだと思いますか。研究をすること、真理をつきとめること、それを発表すること、学位をとること、いろいろあるでしょう〔……〕。」

武川が「真理をつきとめることだと思います」と答えると、野田は諭し励ますようにこう言います。

　「そうですね。君がいままさしくそれをやってのけた。真理をつきとめたことが大事なのです。他のことはすべて些細なことで

す。本来学問とはそういうものです。」

　これこそ文字に言い表されていないものの、原作者クローニンがこの作品で主張したかったことだと思います。わたしはテレビドラマと原作の両方から強く感化されて、学問研究の道に進みましたが、わが国の大学の現状はこの作品のなかで描かれた状態と、今でもそう大きく変わってはいません。権威主義、俗物主義、拝金主義、実用主義などが跋扈して、純粋な真理探究はもはや死語と化しているように思えます。世の中お金と経済効率がすべてであるかのような風潮が蔓延（はびこ）っています。大学や研究もその例外ではありません。しかし大学は本来的には真理探究の府であるということ、「真理をつきとめること……他のことはすべて些細なことです。本来学問とはそういうものです」。この点に再考を促したく、クローニンの『青春の生きかた』を取り上げました。もう新本では入手が困難かもしれませんが、是非多くの方々に読んでいただきたいと思います。

2017 年 10 月、テレビ北海道（TVh）「けいざいナビ」トップの逸本より

17. シュライアマハーの『キリスト教信仰』を訳し終えて

　このたびシュライアマハーの神学的主著『キリスト教信仰』を完訳し、昨年末に教文館から刊行していただいた。この書は一般的には『信仰論』という通称で知られているが、原題は *Der christliche Glaube nach den Grundsätzen der evangelischen Kirche im Zusammnenhange dargestellt*（福音主義教会の原則に基づいて組織的に叙述されたキリスト教信仰）といい、当時国

王フリードリヒ・ヴィルヘルム3
世が推し進めようとしていた、プ
ロイセン国内のルター派と改革派
を統合した「新しく生まれ変わっ
た一つの福音主義キリスト教会」
(eine neubelebte, evange-
lisch-christliche Kirche) に、盤
石な神学的基礎を据えようとの意図
のもとに執筆されたものである。ち
なみに、ベルリン大学でなされた
ヘーゲルの「宗教哲学講義」

シュライアマハー
『キリスト教信仰』

(1821、24、27、31年) は、不倶戴天のライバルのかかる意図を挫く
ためになされたものであり、まさに『キリスト教信仰』への「対抗措
置」(counterweight) という意味合いをもっていた。

　第1版は1821-22年に、第2版は1830-31年に刊行された
が、本書はまったく新しい視点から従来のキリスト教教説を根
本的に問い直し、教会で共有される「敬虔な自己意識」の分析
を通じて、教義学の根本的再建を試みたものである。そのあま
りにも斬新奇抜なアイディアゆえに、すでに初版は大きな反響
を呼び、各方面からさまざまな批判も提示された。シュライア
マハーは第2版を出すにあたって、これらの批判を踏まえた上
で、根本的かつ大幅な補足と改訂を加えたが、そこに盛り込む
には無理があると判断した点に関しては、『『信仰論』に関する
リュッケ宛ての二通の書簡』Schleiermachers Sendschreiben
über seine Glaubenslehre an Lücke と題する弁明書を、第2
版に先立って1829年に刊行している。この小著は『キリスト教
信仰』を理解する上で決定的に重要なものであるので、わたしは

それをドイツ語原典から訳出し、『『キリスト教信仰』の弁証』（知泉書館、2015年）として刊行しておいた。その「訳者あとがき」に当時の偽らざる心境を綴ったが、それは今般の仕事の意義をご理解いただくよすがとなるので、一部ここに再録しておきたい。

　　本書の刊行をもって、いよいよ『信仰論』本体の翻訳への道が開けたと言えるかもしれないが、訳者自身にその力と意欲があるかと自問すると、求められる膨大な作業の前に呆然と立ち尽くしている、というのが偽らざるところである。この著作は「近代プロテスタント神学の父」の記念碑的労作であり、並大抵の学識と語学力では歯が立たない、恐ろしく重厚かつ難解な書物である。そればかりでなく、第一巻と第二巻合せて千頁を越える膨大な分量が、それを完訳しようという意欲を初っ端から挫く。それゆえ、よほどの使命感がないとおいそれとは着手できないたぐいの代物である。それにまた、はたしてこれを翻訳しても、どれくらいの読者が手に取って読んでくれるであろうか。あるいは一般読者が著者の議論について行けるであろうか。このような疑念が頭をもたげるとついつい出足が鈍る。そういうわけで、わたし自身に関して言えば、この翻訳作業をやり遂げる決意はまだ固まっていない。（『『キリスト教信仰』の弁証』181頁）

　このように記したのは、2015年5月のことだった。それゆえ、完訳にはあれから丸々5年半を要したことになる。わたしはシュライアマハーの専門家ではないので、かくも難儀な書物を敢えて自分で訳そうなどとは思わなかった。ところが、あるとき教文館の渡部満社長から、ある方が入稿されている『信仰論』の訳

稿の校閲をお願いできないか、との依頼が舞い込んだ。これはとんでもなく厄介な作業になると直感したので、鄭重にお断りしたところ、それならゼロから訳してくれないかとのこと。実はシュライアマハーの『キリスト教信仰』は、米国に留学した際にマッキントッシュ訳で通読していたが、この英訳書とても非常に難解で理解するのに苦労した記憶が瞬間的に脳裏をよぎった。

　わたしはトレルチ研究でヴァンダービルト大学から、レッシング研究で京都大学から学位を取得しており、18世紀から20世紀初頭にかけてのドイツのプロテスタント神学史にある程度精通していたものの、「近代神学の父」の主著の翻訳となると、おいそれとは決断できなかった。なにせ専門のシュライアマハー研究者が、わが国ではまだ誰一人として完訳に成功していない大部で難解な書物だったからである。しかし結局は躊躇いよりも使命感の方がまさり、その仕事を引き受けてしまった。だが、それはやがて「引き受けて、しまった！」という後悔の念に転じた。しばらくあとにまったく想定外ながら、2つの大きな外科手術を受ける羽目になり、さらには奉職している大学の学長に選出されたからである。

　とはいえ、周囲を見渡してみてもその気概がありそうな人はいなかったので、『キリスト教信仰』を完訳することは、自らに託された最後の大仕事のように思われてならなかった。かくして5年半に及ぶ気が遠くなるような格闘の日々が始まった。レッシングではないが、まさに《日々これ闘い》（dies in lite）の様相を呈する毎日となった。シュライアマハーの神学的主著を理解するには、自分の力があまりにも不足していた。語学力は言わずもがな、神学的＝哲学的な思考力の弱さを思い知らされた。それでも何とか食らいついて訳し終えたとき、さながらエベレストに初登

頂した人のような達成感を味わった。だが、それで終わりではなかった。組版後の３度にわたる校正作業は、疲労困憊の身には責め苦のようにすら感じられた。そうした長い長い格闘の末、本書はようやく世に出た。万全を期したつもりではあるが、1100 頁を超える大部の本ゆえ誤訳や誤植が残っていたとすればご容赦願いたい。

　平易な日本語に訳すことを心掛けたが、重厚長大なシュライアマハーのドイツ語は、どんなに努力してももとより限界があった。神学的叡智が凝縮されている専門的テクストゆえ、小説を読むようにスラスラとは読めないが、シュライアマハーはまさしく数百年に一人の偉大な神学者である。かかる著者による近代プロテスタント神学の古典中の古典といわれる書物なので、じっくり味読していただければ満身創痍の訳者として望外の喜びである。

『週刊読書人』2021 年 3 月 24 日号

18.　自著を語る

　『キリスト教思想史の隠れた水脈』（知泉書館、2020 年）は、山陰の小都市米子に生を享けた筆者が、京都、ナッシュビル、ゲッティンゲン、東京、盛岡、上尾、札幌の各大学で学びかつ教えながら行ってきたキリスト教思想史研究の成果を、主要研究対象に取り上げてきた 7 名の思想家に仮託して物語った、西洋思想史に関する「学術的エッセー」（essai académique）である。

　半世紀にわたる地道な思想史的探究とその成果に基づいているが、筆者がこの書の具体的執筆に取り組んだのは、2020 年のコロナ禍の早春から晩夏にかけてであった。すなわち、ボッカッチョの『デカメロン』と類似的な状況のなかで、「メメント・モ

リ」（死を忘るるなかれ）の意識をもって、短期集中的にまとめ上げたのがこの作品である。

　本書の題名は『キリスト教思想史の隠れた水脈』となっているが、もともとは『思想史の裏街道』という表題で構想されていた。山陰の小邑に生まれ育ち、成人後の人生の約４分の３を東北と北海道で過ごしてきたわたしには、華やかな人生や経歴よりも日陰の歩みや陰翳に富む生涯の方が共感を呼ぶ。「裏街道」とは「人目につかなかったり、迂遠であったり、あるいは旅行者がほとんど利用しない道」のことだとすれば、『思想史の裏街道』に込めた意味は、西洋思想史の「奥の細道」と言い換えてもよかろう。だが読者の食いつきに苦慮する編集者の要請に応じて、初校の段階で現行の書名に変更した。著者としてはそこに若干の悔いが残る。

　各章の主役は、フィオーレのヨアキム（第２章）、セバスティアン・フランク（第３章）、ゴットホルト・エフライム・レッシング（第４章）、フリードリヒ・シュライアマハー（第５章）、カール・クリスティアン・フリードリヒ・クラウゼ（第６章）、エルンスト・トレルチ（第７章）、ラインホールド・ニーバー（第８章）である。かなり知られている人物もいれば、無名に近い思想家もいる。だが全体から浮かび上がる思想史的脈絡こそが肝である。本書が「白鳥の歌」になるかはわからないが、これとほぼ同時に上梓されたシュライアマハーの大著『キリスト教信仰』（教文館、2020 年）の全訳をもって、筆者は自らの研究生活にひとまず終止符を打ったつもりである。

『北海学園大学 学報』（2021 年６月）

II.
エッセー・ビオグラフィック

1. 夢追い人の半生— Intellectual Autobiography

　個人的な事情から、今年度限りで聖学院大学を退職することになりました。学科長をしているわたしが突然辞めるということは、学科の同僚の先生方や学生の皆さんに大変迷惑をかけることになりますので、その罰としてアセンブリー・アワーの時間に、最終講義なりフェアウェル・レクチャーなりをやれということで、今日ここに立って1時間少々お話しせざるをえなくなりました。しかしわたしはまだ最終講義をするような年齢でもありませんし、退職することで聖学院とお別れするつもりもありませんので、そういう大仰な講義ではなく、これまでの自分の歩みを振り返ってひとときお話してみたいと思います。わたしはいま51歳ですので、もう人生の半分はとっくに過ごし、ひょっとすればすでに最終コーナーをまわってゴールが近いかもしれません。ですから、文字どおりに解釈すれば、自分の「半生」（Hälfte des Lebens）を語るというのも可笑しいのですが、英語でも「半生」のことを "half one's life" という代わりに、"one's life until now" とも言いますので、その意味ではこういう機会に自分の「半生」を振り返ってみるというのは、まんざら無益なことではないかもしれません。

　わたしはヨーロッパやアメリカの思想研究に従事していますが、ある思想家の思想を研究する場合に、その思想家自身が自分の人生について述べた文章というものは、その思想家の思想を研究する上でとても啓発的なものです。わたしは修士論文でラインホールド・ニーバー（Reinhold Niebuhr, 1892-1971）というアメリカの神学者について書きましたが、常日頃あまり自分について語ることを好まなかったニーバーが、編集者の執拗な求めに応じて書いた "Intellectual Autobiography" というエッセーは、ニーバーという人とその思想を理解する上で、この上ない価値を有しています。わたしが今からお話しする内容も、ある意味ではその種の "Intellectual Autobiography"、つまり「知的自叙伝」に属するのですが、その際にわたしは、愛好しているカトリックの女流作家ゲルトルート・フォン・ル・フォールの次のような言葉を思い起こさずにはおれません。「人間のそして作家の人生におけるあらゆる本質的なものは、一定の秘匿性というそれを保護する覆いを必要とする」(Gertrud von le Fort, *Hälfte des Lebens: Erinnerungen* [München: Ehrenwirth Verlag, 1965], 5) という言葉です。ですから、ある部分は意識的に隠しながら、しかし粉飾したり歪曲したりせずに、これまで歩んできた道を少し知的な仕方で語ってみようと思います。

わたしは自分自身を本質的に「ロマン主義者」(Romantiker; romanticist) であると思っています。今回わたしが聖学院大学を辞めて、最北の地である北海道の大学に移籍することを決断したのも、やはり「ロマン主義者」としての自分の性格と無縁ではないと思います。わたしは昔から北海道に対してある種の憧れを感じてきました。わたしの父方の祖父母は明治の終わりに警察官として北海道に赴任していました。彼らは旭川の少し手前の妹背牛（もせうし）というところに居を構え、後に駅前で安酸商店という雑貨屋を開いたそうです。しかし2年続きの冷害とイナゴの大量発生による凶作に持ちこたえられず、郷里に舞い戻ってきました。わたしが北海道に対して憧れといいますか、郷愁といいますか、いずれにせよ押さえがたい情念を覚えるのは、こうした背景があるからかもしれません。わたしの父は郷里の鳥取県に引き上げてきてから生まれましたので、北海道とは無縁でしたが、海軍の職業軍人として終戦を迎え、その後は自衛官になり、わたしが高校1年に

なった年に、50歳で自衛隊を定年退職いたしました。実はその父に定年退職の1、2年前に、北海道への転勤の話が持ち上がり、もしそれを受け入れれば定年が2年ほど延長になるような話でしたが、父はその話を呑みませんでした。父はわたしと違って穏和な性格で、また実に堅実な人でしたので、北海道という最北の地への郷愁を持ち合わせなかったのかもしれません。あるいはすでに嫁いでいた長女を除いて、まだ5人もの子どもをかかえた状態で、未知の地へと冒険に出かける決断ができなかったのかもしれません。中学生の頃、ふと耳にした転勤の話に、しかしわたしは北海道への夢を膨らませたことを覚えています。北海道開拓に失敗した祖父母の無念さが、隔世遺伝的にわたしのDNAのなかにインプットされているのかもしれません。あるいは単なる北の大地への憧れに過ぎなかったのかもしれません。ともかく、北海道が最初にわたしの意識に上ってきたのは中学2年のときでした。

　ところで、先ほどわたしは自分を「ロマン主義者」だと言いましたが、「ロマン主義」（Romantik）という概念は、定義づけるのがきわめて困難であると言われています。例えば、思想史家のアーサー・O・ラブジョイは、「『ロマンティック』という言葉は、きわめて多くのことを意味するようになっているので、それ自身では何の意味ももっていない。それは言語記号の機能を果たすことをやめてしまっている」（Arthur O. Lovejoy, *Essays in the History of Ideas* [New York: George Braziller, Inc., 1955], 232）と述べています。文芸批評家のルネ・ウェレクも『批判の概念』という著作において、ロマン主義は「明らかに失敗する運命にあり、われわれの時代によって捨てられてしまったあの試み、すなわち、主観と客観を同一視し、自然と人間、意識と無意識を、『最初にして最後の知識』である詩によって和解さ

せようとする試み」（René Wellek, *Concepts of Criticism*
[New Haven and London: Yale University Press, 1963], 221)
である、と言っています。

　神学者のパウル・ティリッヒは、「有限と無限のこの関係の原
理は、ほかのすべてのものが依存する、ロマン主義の第一原理で
ある」と述べ、「ロマン主義」の本質を (1)「無限と有限」、(2)
「ロマン主義における感情的・審美的要素」、(3)「過去への回帰
と伝統の評価」、(4)「統一と権威の探求」、(5)「ロマン主義にお
ける否定的なものとデモーニックなもの」（その結果としての
「深みの次元の発見」）として捉えています（ティリッヒ、佐藤敏
夫訳『キリスト教思想史 II』［＝『ティリッヒ著作集』別巻3］、
105-124 頁参照）。

　その他、ロマン主義については、

・単なる美術や音楽や文学などの領域をこえ、ひろく哲学や宗
　教、政治や歴史の思想などにも波及した、ヨーロッパ規模の
　大がかりな運動
・「十八世紀の狭隘さ」に対する反動
・全一的なものを志向…「全体」、「精神」、「宇宙」
・無限なものへの渇望
・合理性に対して非合理的な要素を強調
・意識的なものに対して無意識的なものを強調　→　心理学の
　発展に寄与
・一般性に対して特殊性ないし個性を強調　→　歴史学や民俗
　学の発展に寄与
・主観と客観、理想と現実、精神と物質とを再統合しようとする
・自然との一体感
・過去への郷愁（ノスタルジア）

など、いろいろな定義づけが可能です。

このように、「ロマン主義」ということを定義することは難しいのですが、その一つの根本的特徴として、「憧憬」（しょうけい；どうけい；Sehnsucht；yearning）を挙げることができると思います。昨年『憧憬の神学』（創文社、2003 年）という著作を出された、国立音楽大学元教授の小田垣雅也先生——この方とわたしは多分に多くのものを共有しているように思います——は、「わたしは少年時代以来、現在にいたるまで、つねに憧憬を追いもとめており、憧憬なしには、自分の人生の主導理念はなかったとすら言えるのである」と述べておられます。この先生によれば、「人間は憧憬によってのみ人間である。しかし憧憬以上に進むことはできない」というのです。いずれにせよ「ロマン主義者」は夢とか、未だ手に入れていないものに対する憧れなしには生きてゆけません。欧米文化学科では一昨年からアディショナル・レクチャーとして「夢追い人」シリーズを企画していますが、「ロマン主義者」は本質的に「夢追い人」です。日本語で「ロマンチスト」と言った場合、往々にして「空想的な人」、「夢見がちな人」（a dreamy person）を指すことも、「ロマン主義」の本質と無縁なことではないでしょう。いずれにせよ、わたしはその意味での典型的な「夢追い人」です。

ところで、ロマン主義と憧憬との関係について、20 世紀を代表する神学者のカール・バルトは実に含蓄に富む見解を披露しています。

純粋なロマン主義は実に境界線（Grenze）である。例えば、一八世紀と一九世紀の間の、また哲学と芸術の間の、自然と歴史の間の、愛と宗教の間の。それらの境界線？　ロマン主義はそれ

　らの統一であろうとする。しかし〔……〕ロマン主義は自らの計
　画を成し遂げることによってではなく、それを策定するかぎりに
　おいてのみ純粋なロマン主義なのである。〔……〕神学における
　最後の偉大なロマン主義者であったエルンスト・トレルチのライ
　フワークが、やはり主として計画の予告に存していたこと、そし
　てつねに新たな予告に存していたことは、決して偶然なことであ
　るとは言えないであろう。純粋なロマン主義は学問や行為へと自
　らを広げることを欲してはならない。さもなければロマン主義
　は、学問や行為へと至りえない自らの無力さをさらけ出すか、あ
　るいはそれが達成できる学問や行為は、自ら自身に対する不誠実
　さを意味することになるであろう。ロマン主義は憧憬（Sehn-
　sucht）として純粋であり、そしてただ憧憬としてのみ純粋であ
　る。Karl Barth, *Die protestantische Theologie im* 19.
　Jahrhundert (Zürich: Theologischer Verlag, 1981), 308.

　　さて、わたしは 1952 年鳥取県の米子市で、6 人きょうだいの 4
　番目ながらも長男として生まれました。上に姉が 3 人おり、下に
　妹と弟がいます。6 人きょうだいというのは、わたしの時代には
　もう珍しくなっていました。生まれたところは弓ヶ浜半島の中間
　に位置するこれといった特徴のない田舎町ですが、出身中学校の
　先輩には米田哲也という偉大な投手がおり、当時阪急ブレーブス
　のエースとして活躍していました。彼はプロ通算 350 勝挙げまし
　たが、これは金田正一の 400 勝に次ぐ 2 番目の記録です。小さい
　頃から誇りに思い、大いに憧れたものです。5 級下の後輩にはや
　はりプロ野球で活躍した角　盈男（本名三男）がいますが、彼は
　15 歳の時急死したわたしの中学時代の親友の弟でした。高校は
　米子東というところで、かつては文武両道の名門校として甲子園

にもしばしば登場しました。昭和35年の春の選抜大会では決勝戦に進出し、大会史上初のサヨナラ本塁打で涙をのみました。高校時代わたしは剣道部に所属していましたが、それは当時人気を博していた森田健作主演のテレビドラマに多分に影響されたからに他なりません。大学は京都の国立大学に進みましたが、それは小学6年生の修学旅行に京阪神を訪れ、京都の宿舎の比較的近くにあった古い煉瓦造りの大学——あとで考えればそれは龍谷大学でした——に憧れたからです。専攻は工学部の合成化学科でしたが、それは明らかに消去法による選択でした。わたしの高校では2年から3年に進級する段階で、文科系か理科系かの選択を迫られましたが、英語や国語だけでなく数学や理科も結構得意でしたので、理数科目ができる生徒は理科系に進むという一般的傾向にしたがって、理科系の選択をしました。3年生のクラスは1クラス40人のうちの実に7割近くが医学部志望でした。わたしもその一人でしたが、そのうち医者の息子・娘は2人しかいませんでした。なぜみんなが医学部を志望するのだろうかと、自分の志望動機を含めて疑問を抱き、生まれつき反骨的なわたしは3年生の夏前には医学部進学を断念し、化学の道を選びました。理科系に進んで医学を除外すると、高校の科目に準じて大別すれば、数学、物理、化学、生物、地学が残りますが、数学、物理、生物、地学の道を進む自信はわたしにはありませんでした。ですから消去法として、理学部化学科専攻が残ったわけです。

　もともと出世とか金儲けにはまったく関心がなく、研究者として一生歩みたいという気持ちがかなり強くありました。当時テレビで「わが青春のとき」というのがあり、その主人公の生き方に大いに共鳴したのも、こうした選択をした一因です。「わが青春のとき」というのは、A・J・クローニンというイギリス作家の

Shannon's Way という作品（邦訳のタイトルは『青春の生きか
た』）に基づいて、倉本聰が脚本を書いたテレビドラマです。こ
れは主人公のシャノンが社会の古い因習や宗教的偏見と闘いなが
ら、科学的な真理の探究に生きる姿を描いた作品です。クローニ
ンには『三つの愛』、『ひとすじの道』、『天国の鍵』などといった
作品もあり、わたしは大学1年生の頃、彼の作品をかなりたくさ
ん読みました。

　ところで、大学受験の直前になって、志望を理学部化学科から
工学部合成化学科に切り替えました。これは理学部よりも工学部
の方が最低点が低くて入りやすいという理由からではなく、受験
資料として取り寄せた大学の学部・学科紹介に、一番新しい学科
として新しいものに挑戦する意欲的な学生を求むとあったからで
す。高校の卒業アルバムに「未知の世界に挑もう」と記したわた
しにとって、湯川秀樹や朝永振一郎のノーベル賞受賞によって、
すでに不動の地位を築いていた理学部よりも、工業化学科から分
離して出来たばかりで無限の可能性がありそうな、工学部合成化
学科の方が魅力的に思えたのです。実際、わたしが工学部に入学
した翌年、後にノーベル化学賞を受賞した福井謙一氏が工学部長
に就任しましたが、この人は最も隣接した応用化学科の教授でし
た。しかし熟慮もせずに工学部に切り替えたことは間違いでし
た。無事現役合格したものの、入学後の最初のオリエンテーショ
ンのときに、選択を誤ったことを思い知らされました。理学部は
基礎的な研究に重きを置いていますが、工学部というのは実際の
企業との結びつきが強く、より実際的で応用的な性格が強いので
す。初回のオリエンテーションの際に、4つくらいのゴムボール
の弾力の相違を説明する助手——たしかのちに日本学士院賞を授
与された玉尾皓平氏だったと記憶する——の話に深い失望を覚え

たのを、今でもはっきり覚えています。

　わたしが大学に入学したのは 1970 年で、この年に大阪で万博という国家的プロジェクトがありましたが、大学は学園紛争の嵐が吹きまくっていました。入学した工学部の勉強に興味が持てず、さらに友情の亀裂とか失恋とかに追い打ちをかけられ、親元を遠く離れた京都でわたしはすっかり道に迷ったのでした。化学の実験で試験管を振っていても、心はまったくそこにあらずで、自分の内面の問題をいかに解決するかということと、社会や政治の問題をどう考えるかということが、完全に自分の心を支配するようになりました。当時、京都大学には高橋和巳という文学者がいました。文学部の中国文学専攻の助教授でしたが、同時に彼は『悲の器』、『わが心は石にあらず』、『邪宗門』、『捨て子物語』、『憂鬱なる党派』といった作品で、特にインテリや過激派の学生たちを惹きつけていた小説家でした。わたしは教養部時代に彼の作品を貪るように読みました。大学 2 年のゴールデンウィーク明けに、わたしは大学正門の横にあったナカニシヤ書店の店先に急遽設置された特設コーナーの張り紙で、高橋和巳が数日前に（昭和 46 年 5 月 3 日）逝去したことをはじめて知りました。京大文学部教授会の内情を告発する『わが解体』という作品によって、文学部に転部する方向へと導かれつつあったわたしは、この訃報に不意に脳天を叩かれたような強烈なショックを覚えました。今から考えれば実に滑稽なのですが、わたしは彼の遺志を継ごうと思って、その日大学生協で原稿用紙を大量に買い込んで帰宅しました。

　結局、中国文学者にも小説家にもなりませんでしたが、わたしは高橋和巳を通してキリスト教に導かれました。『白く塗りたる墓』という彼の最晩年の著作は、はっきりいって駄作だと思いま

すが、わたしはこの作品を通してパリサイ的偽善を厳しく糾弾するイエスという人物へと導かれたのです。クローニンの『天国の鍵』もその意味では重要なのですが、もう１冊挙げるとすれば、C・S・ルイスの『悪魔の手紙』*Screwtape's Letters* もわたしの人生を大きく変えるきっかけを与えました。キリスト教思想家としても有名なこの作家は、『ナルニア国物語』とか『キリスト教の精髄』などという書物も書いていますが、大学２年生のときに原書で読んだ『悪魔の手紙』という書物は、神の存在と悪魔の存在をわたしに確信させた次第です。詳しい内容を話す時間はありませんので、ご関心があれば是非直接お読みいただきたいですが、いずれにせよわたしは３年生になる段階で文学部哲学科基督教学専攻へと転入学した次第です（不思議なめぐりあわせですが、前述の福井教授のご子息が、まったく同じ時期に基督教学専攻に学士編入してこられました）。

　文学部に転入後は、武藤一雄先生の指導を受けながら、哲学や宗教、特にキリスト教についていろいろ勉強したのですが、実はそれほど真面目な学生ではありませんでした。むしろ幾つかのサークル活動に熱中し、授業をサボってばかりいる落ちこぼれで、先生には大変心配をかけました。わたしはどちらかといえば学生にはかなり甘い教師ですが、それは道に迷い「自分探し」に必死になっているときには、学生であっても教室の勉強には手が着かないこともあることを、体験的に知っているからに他なりません。学生時代落ちこぼれのような低空飛行を続けていたわたしでも、いざ一つの方向性を見いだし、それに向かって必死の努力を続けていたら、いつの間にか大学教授にまでなったのですから、教師たるもの少し長い物差しで学生を見なければならないというのが、わたしの教師としての信条の一つです。

それはさておき、わたしは学部ならびに大学院在学中に、まず
は武藤一雄先生に、次に水垣　渉先生に指導を受け、それ以来こ
の赴きを異にする２人の恩師の中心課題を結合した、「実存と歴
史」という主題が畢生の課題となりました。しかしいきなりこの
テーマに取り組むだけの力量のなかったわたしは、まず身近なライ
ンホールド・ニーバーを取り上げ、彼の歴史理解の分析を修士
論文のテーマとして選びました。ニーバーをはじめて知ったのは
学部時代のことで、それはたまたま手にして読んだ本学理事長の
大木英夫先生の『終末論的考察』と『終末論』を通してでした。
当時まだ大木先生とは一面識もありませんでしたが、わたしはそ
れまで読んだいかなる神学書とも違う不思議な魅力をそこに感じ
ました。大木先生は当時はまだ東神大の新鋭の助教授で、いまの
ような大御所ではありませんでしたが、その当時からすでに異彩
を放っていました。やがてこの少壮の神学者の背後にあるライン
ホールド・ニーバーの存在と思想そのものが、わたしの心を強く
捉えるようになり、このように京都という独特の宗教哲学的伝統
のある大学で、それとはまったく異質な神学的思惟との出会い
が、わたしのその後の貧しい思索を方向づけることになりまし
た。それだけでなく、あることで大木先生からお手紙を頂いたこ
とが、その約17年後に聖学院に引っ張られるきっかけともなっ
たのです。

　博士後期課程に進学後は、ニーバーの主著『人間の本性と運
命』 The Nature and Destiny of Man の最重要典拠ともいうべ
き、エルンスト・トレルチ（Ernst Troeltsch, 1865-1923）の
『キリスト教会と諸集団の社会教説』 Die Soziallehren der
christlichen Kirchen und Gruppen に関心をもち、そこからト
レルチの思想世界の全体をいかに解釈するかという課題が最大の

関心事となりました。その一方で、博士課程に進学した頃から、将来外国の大学に留学することを夢見るようになりました。わたしの直近の先輩たちはほぼ全員がドイツとかスイスとか、いずれにせよヨーロッパに留学したのですが、わたしは修士課程でニーバーを研究していましたし、ドイツ語よりも英語が得意でしたので、ドイツよりもアメリカへの留学を選びました。そこにはドイツ一辺倒の京大キリスト教学研究室の風潮に対する反撥という面も多分にあったように思います。いずれにせよ、欧米の文化や思想に対する憧れが、学部時代はサボってばかりいたできの悪いわたしを後押しするようになりました。目標をもつことによって人は見違えるようになるのです。かつては思いもしなかったような力を発揮するようになるのです。「人間とは自ら欲するところの存在である」という趣旨のことを、実存主義者のサルトルは述べていますが、自分という存在にあらかじめ設定された枠とか定義などはないのです。

　京大の博士課程を満期退学すると同時に、運良く国際ロータリー財団の大学院奨学生に選ばれて、アメリカに留学することになりました。宗教学研究で世界的に名高いシカゴ大学が第1志望で、ハーバード大学が第2志望、カナダのトロント大学が第3志望でした。幸いいずれの大学からも入学許可は貰いました。ですから、例えばもしハーバードに留学しておれば、おそらくそこで現在同僚の柴田史子先生と出会っていたでしょう。しかしわたしの意に反して、何とロータリー財団側がテネシー州のナッシュビルにあるヴァンダービルトという大学を指定してきたのです。当然わたしはその指定に異議を申し立てて、財団側から希望する大学に行ってもよいというお墨付きは貰ったのですが、今度はヴァンダービルト大学から、ロータリー財団の奨学金が切れる1年目

以降、少なくとも2年目と3年目は、授業料全額と一定の生活費を支給される University Fellowship という全学的にも毎年数人しか貰えない特別奨学金を支給する旨の通知がありました。こうしてわたしはヴァンダービルト大学に留学することになった次第です。

　ヴァンダービルト大学というのは、海運と鉄道事業で財をなした北部の財閥コーネリアス・ヴァンダービルト（Cornelius Vanderbilt, 1794-1877）の寄付によって設立された大学で、「南部のハーバード」という異名をもっていました。わたしとしては最初少し不満だったのですが、結果的にこの選択は吉と出ました。シカゴやハーバードのような日本人が多く留学する大学と違い、ヴァンダービルトは日本人もまだあまり多くなく、Southern hospitality といわれるアメリカ南部の人情味あふれる環境の中で、存分に勉強できたからです。とは言っても、最初の年はまったく地獄のような日々で、毎週1教科につき約200頁課される reading assignment（わたしは毎セメスター3教科履修していましたので、毎週の合計 reading assignment は大体600頁ありました）と、2、3週に一度の割で提出を求められるペーパーをこなすのに、それこそ夜を日に継ぐような日々を余儀なくされました。1年目は車も持っていませんで

大学構内のコーネリアス・
ヴァンダービルト像

したので、アパートと教室と図書館と近くのスーパーをただ往復するだけで終わりました。自分に対するその褒美というわけではありませんが、医者をしている叔父から借金をして、1年目の学業が終わると同時に単身で、1月半のヨーロッパ旅行に出かけました。そのヨーロッパ体験が、3年半のアメリカ留学の後、さらにドイツに留学するきっかけとなりました。

アメリカそしてドイツでの通算5年間の海外留学の成果として、エルンスト・トレルチに関する学位論文を書き上げ、1985年5月にヴァンダービルト大学からPh.D.の学位を取得しました。わたしの論文はアメリカ宗教学会（American Academy of Religion）の栄えある「アカデミー・シリーズ」——これに選ばれることは"a highly sought-after honor"であると、あとで恩師から聞かされました——に選ばれて、*Ernst Troeltsch: Systematic Theologian of Radical Historicality*（Atlanta: Scholars Press, 1986）として出版されました。これによって1987年、その年度の日本宗教学会賞を授与されました。

しかし「ロマン主義者」であるからかどうかはわかりませんが、わたしはすでに達成した仕事に胡座をかく気にはなれませんでした。トレルチ研究を行なっていたある段階で、18世紀のドイツの啓蒙思想家ゴットホルト・エフライム・レッシング（Gotthold Ephraim Lessing, 1729-81）の存在とその神学的・宗教哲学的思想

拙著 *Ernst Troeltsch*

に興味を抱き、次にこれを自分の主要な研究テーマとして取り上げることになりました。わたしがいつの頃からレッシングに魅了されるようになったかは定かではありませんが、本格的な研究に着手したのは 1985 年の秋のことでした。

　トレルチ的問題意識の究明のためには、レッシングは避けて通れない関門の一つでしたが、しかしより深く彼の思想に関心をもつようになった直接のきっかけは、Ph.D. Qualifying Examinations の問題の一つに、「偶然的な歴史の真理は必然的な理性の真理の証明とはなり得ない」（zufällige Geschichtswahrheiten können der Beweis von notwendigen Vernunftswahrheiten nie werden）というレッシングの有名な命題に関する問いが出題されたことです。その設問は、P・ティリッヒ、K・バルト、R・ブルトマン、F・ゴーガルテンという 20 世紀を代表する神学者たちが、レッシングの命題にどのように対処しているのか、また各自の対応はどの程度トレルチの影響ないし批判を反映しているかを記せ、というものでした。わたしは持ち合わせの知識でその場を凌いで何とか Ph.D. Candidate にはなったものの、漠然としたわだかまりが澱のように心に残りました。

　博士候補資格試験に無事合格した 1983 年の 11 月、わたしはアメリカからドイツに渡って、ゲッティンゲン大学で博士論文の執筆に専念しました。トレルチに関する学位論文を書き上げた翌年の晩秋には、すでに次の研究テーマの準備のために、当地の図書館でレッシング関係の文献を収集し始めている自分がいました。しかしゲッティンゲンに住んでいながらも、このときにはまだレッシングゆかりのヴォルフェンビュッテルが近くにあることを知りませんでした。ですから、そのときにはそこを訪れることもしなかったのです。ところが、5 年間にわたる留学から帰国した

1985 年、幸運にも日本学術振興会特別研究員に選ばれて、国から お金を貰いながら京都大学でふたたび研究に従事できるように なりました。そこで「近代的歴史意識の成立とその神学的意義」 という研究テーマを自らに課したのです。最初はレッシングだけ でなく、さらにヘルダー、ヘーゲル、ディルタイの 3 人も取り上 げ、近代的歴史意識の成立を発展史的に辿る予定でしたが、いざ 具体的に研究に着手してみると、その計画がいかに無謀なもので あるかが痛感されました。レッシングだけで手一杯で、とてもそ れ以外の思想家たちには手が回りませんでした。しかも 1 年半と いう特別研究員の期間は、レッシング一人を研究するにもあまり にも短く、彼の思想を解明するためには、その後さらに 10 年の 歳月を要しました。盛岡大学での 5 年半と聖学院大学での前半の 5 年あまりは、ひたすらレッシング研究に費やされました。

　レッシング研究は、それ以前に行なったトレルチ研究とくらべ ると格段に難しいものでした。レッシング自身のドイツ語が難解 であるためだけではなく、何よりも彼の思惟が「賢者たちに真理 を隠すように強いる諸根拠を、隠しながら明らかにする」(レ オ・シュトラウス) 性質のものであったため、彼の思想をいくら かでも正確に把握できるようになるためには、長い忍耐と修練の 期間が必要でした。指示を仰ぐべき専門家や参照できる邦語の専 門書が身近に見いだせない状態では、自らの力で膨大な量のドイ ツ語の研究文献に順次あたって、先人の研究に学びつつ、手探り で進むより他に方法がありませんでした。最初の 10 年近くは まったく暗中模索の状態で、深い森のなかに迷い込んでいるよう な感じでした。しかし過去の主要な研究文献を参照しながら、 レッシングの原典のテクストを丹念に読み、ノートやカードを作 成するという単純な基礎作業を積み重ねていたある日、あたかも

深い森を覆っていた霧が突如として晴れて、気高い霊峰が不意に
その勇姿を顕わしてきたかのように、くっきりとしたレッシング
像がテクストの中から立ち現れてきました。その貴重な一瞬に閃
いた直観に導かれつつ、一気呵成にまとめ上げたのが京都大学に
提出した2つ目の博士論文「レッシング宗教哲学の研究」です。

　5年あまり前に出版された『レッシングとドイツ啓蒙』（創文
社、1998年）は、この京都大学文学博士論文の改訂版ですが、
やがてこれがアメリカの恩師の知るところとなりました。日本語
版の巻末に添付されていた「英文概要」（Abstracts）を読んだ
ピーター・C・ホジソン教授は、全文を英語に翻訳してアメリカ
で出版するよう強く求めてきました。恩師の励ましは嬉しかった
ものの、膨大な量のドイツ語資料に基づいて研究した内容を、自
分一人で英語にするのはほとんど不可能で、正直なところ躊躇い
ました。しかしそのとき初代の人文学部長であり、欧米文化学科
長でもあったデイビッド・リード先生が全面的協力を約束してく

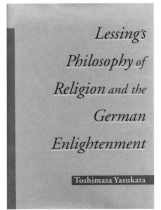

拙著 *Lessing's Philosophy of Religion and the German Enlightenment*

ださいました。こうしてわたしが
もう一度原典資料にあたりながら
ゼロから英語で書き直した草稿
を、リード先生が入念にチェック
してくださり、それをさらに編集
者との間でやりとりをして出来あ
がったのが、一昨年オックス
フォード大学出版局から出版され
た *Lessing's Philosophy of Re-
ligion and the German Enlight-
enment: Lessing on Christiani-
ty and Reason* (New York:

Oxford University Press, 2002）です。これはアメリカ宗教学会の"Reflection and Theory in the Study of Religion Series"に選定されて刊行されたものです。完成するまでに3年近い歳月を要し、それこそ気が遠くなりそうなハードな作業の連続でした。これはリード先生の献身的協力によってはじめて可能となったもので、わたしとしては聖学院大学の欧米文化学科の記念すべき一里塚と呼べるだろうと思っています。

それはともあれ、レッシングに関する2冊の書物を執筆する過程で、今度は宗教改革期のセバスティアン・フランク（Sebastian Franck, 1499-1542）という思想家とレッシングやトレルチの思想との連関が大きな関心事となり、目下は「ドイツの探求者」と呼ばれるこのスピリチュアリストの思想と格闘し始めています。このようにわたしは一つの研究のなかから次の研究テーマに導かれ、おそらくこうして死ぬまで研究し続ける運命に定められていると思うのですが、元来が安定志向ではなく絶えず新しい課題に挑戦せずにはおれないわたしにとって、この聖学院大学は数年前からいささか魅力に欠けるものとなり始めました。「夢追い人」は追いもとめる夢を必要とするのです。大学の学風にもすっかり慣れ親しみ、学科の中でもそれなりの影響力が増してくると、惰性でもやってゆけるようになり、段々日常の生活が色褪せてきました。このようなマンネリ化を打開するためには、環境を変えるか、新しい研究課題に挑戦するしかないと思ったわけです。しかし「面倒見のよい大学」を看板にしている聖学院大学では、面倒見のよい教師であろうとすれば自分の研究を犠牲にする以外にはなく、ここで新しい研究課題に挑戦するのは至難の業であると悟りました。それならば思い切って環境を変えるしかないと考えたとき、札幌の北海学園大学から誘いの話が舞い込んできました。

最初に述べましたように、ロマン主義は「過去への回帰と伝統の評価」ないし「過去への郷愁（ノスタルジア）」ということを根本特徴の一つとしていますので、自らが多感な青春時代を過ごし、また日本の歴史と伝統の宝庫ともいうべき京都ないしその近辺にUターンすることも考えました。その可能性がないでもありませんでした。しかし一方でロマン主義は「無限なものへの渇望」ということを本質としています。北海道というのは祖父母が挑戦して中途で挫折し、父が敢えて挑戦することを選び取らなかった未知の大地です。高校の卒業アルバムに「未知の世界に挑もう」と記したわたしにとって、京都方面へのUターンよりもさらなる北上による「未知への挑戦」がまさりました。先頃「北の国から」というテレビドラマが再放送され、北海道の厳しさとその魅力を感じられた方も少なくないのではなかろうかと思いますが、わたしが17年間近く住んでいる岩手県も多少それと似たところがあります。本州で最低気温を記録しているのは、わたしが住んでいる滝沢村の隣の玉山村の藪川というところですが、わたしの現在の自宅付近も毎年寒い日には最低気温が氷点下10度以下に下がります。

　山陰や北陸の雪と違い、岩手に降る雪は気温が低いときには太陽光にキラキラと輝きます。それは実にロマンティックな光景です。宮沢賢治のメルヘンの世界はこのような岩手の自然を背景として成り立っています。彼はその世界をイーハトーブと名づけました。わたしはそこの住民であることを誇りに思っています。しかしそうは言ってもやはり岩手は本州のうちです。新幹線で大宮や東京とも繋がっています。都会の世俗化した文化が容易に流れ込んできます。山陰の鳥取県に生まれ、18歳から28歳までを京都で過ごし、アメリカとドイツの留学時代を経て、33歳から35

歳まで東京でサラリーマン生活をし、その後 1987 年の秋から足かけ 17 年間岩手に暮らしている自分としては、北上する人生を歩んできたと言ってよいでしょう。盛岡大学を辞めて聖学院大学に移籍したことは、この意味では一時的なブレを生じたことを意味するでしょうが、ときにブレたり後戻りするのも人の常です。そして北上する人生を一時的に裏切ることになったこの聖学院時代を、しかしわたしはそれなりに楽しみましたし、学問的に大きな成果も上げました。とはいえ、北の大地に憧れた「夢追い人」のわたしにとって、わたしの夢は北海道に行くことなしには満たされないのです。そしておそらくそこに行ってもなお満たされないでしょう。死がはじめてそれを完成するのですから。でもこれはロマン主義者の運命なのです。

　ゲーテは、「古典的なものは健康なものであり、ロマン的なものは病的である」、という簡潔な定義を下しました。これに対して、自らドイツ最後のロマン主義者であることを任じていたトーマス・マンは、次のように述べています。「しかし、薔薇に毛虫が巣食っているように、ロマン主義が、その最も優しく最も繊細な、庶民的であると同時に高度に洗練された現われにおいてすら、体内に病菌を抱いているということ、ロマン主義がその最奥の本質からすれば誘惑であり、それも死への誘惑であるということは否定できません。抽象的理性に対する、浅薄な人道主義に対する革命的な反抗として非合理的な生命力を擁護するロマン主義が、ほかならぬこのような非合理的なものと過去への没入を通して死との深い親近関係を持っていること、これはロマン主義の、人を困惑させるようなパラドックスであります。」（トーマス・マン『ドイツとドイツ人』岩波文庫、34 頁）

　いささか感傷的になりましたが、センチメンタルということも

ロマン主義の特徴の一つといってよいでしょう。本日、わたしは自分の半生を語ることを通して、学生の皆さんに「ロマン主義」の本質について理解を深めてもらおうと考えました。もう十分おわかりになったかもしれませんが、念を押す意味で少しコミカルなタッチの補足説明をしておきたいと思います。わたしが聖学院大学に着任した年に、松井秀喜選手が巨人に入団しました。北の辺鄙な大学で学問的な長距離ヒッターと見なされていたわたしは、聖学院のスタッフの仲間入りしたときに、自分を松井に重ね合わせるところがないでもありませんでした。自分の打法が中央でどれだけ通用するか試してみたかったのです。あれから11年、すでに松井は巨人を退団してニューヨーク・ヤンキースで活躍しています。わたしも足かけ11年聖学院で奉仕してきましたので、そろそろFA宣言しても許してもらえるくらいになりました。わたしが札幌の大学に移る決断をした頃に、アメリカのメジャー・リーグを解雇された新庄が、来季から札幌に本拠地を移す日本ハムへの入団を表明しましたが、今回はわたしは自分を新庄と重ね合わそうとは思いません。新庄選手はロマン主義とは対極の精神を体現しているように思うからです。もし重ね合わす人物がいるとすれば、それは薩長軍に最後まで抵抗して函館の五稜郭で戦死した新選組の土方歳三でしょうか。

　今週から始まった香取慎吾主演のNHK大河ドラマの「新選組」は、役者がいまひとつ軽すぎてあまり感心しませんが、司馬遼太郎作の『新撰組血風録』や『燃えよ剣』は、土方歳三を栗塚旭が演じていましたので、わたしが最も愛好した時代劇の一つです。この正月に「壬生義士伝」という中井貴一主演の映画をビデオで見ましたが、この作品を通して自分の意識の底流には、義士の情念のようなものが流れているのではないかと思ったりしま

す。古びた大義に忠誠を尽くす「壬生義士伝」の主人公や、栗塚旭が演ずる『新撰組血風録』や『燃えよ剣』の土方歳三の生き方は、まさしくロマン主義的な生き方そのものです。あるいは「滅びの美学」と言ってよいでしょう。それは時代錯誤な生き方には違いありませんが、明治維新以後今日にいたるまでの我が国の精神のありようの問題点を、逆光をもって照らし出してはいないでしょうか。薩長主導によってスタートした明治政府にとって、会津はもとより東北や北海道は賊軍の地であり、日本の近代化はこうした北の伝統や精神性を否定する仕方で押し進められてきました。明治維新以後、東北や北海道は貧困や野蛮を象徴する負の場所であり続けてきましたが、わたしは東北地方に17年暮らしてみて、この敗者の地に残されている豊かな人間性や自然に限りない魅力を覚えています。

　考えてみれば、わたしが自分の最初の意図に反して赴くことになったテネシー州も、南北戦争に破れた南部の州でした。自分のかけがえのない留学生活を、もしハーバード大学のあるボストンやシカゴで送っていたとしたら、おそらくアメリカを見る目は今の自分とは変わっていただろうと思うのです。歴史は勝者によって書かれるといいますが、敗者から見た歴史というものもあるのです。わたしはそれを捉える目を養いたいと思っています。見なれた風景も視点を変えて見ると、例えば天橋立の股覗きのポーズで眺めると、まったく違って見えるものです。わたしは数年前から、いずれ将来『思想史の裏街道』なる本を書いてみようと密かに計画していますが、それは金子晴勇先生のように、アウグスティヌスやルターなど西洋思想史の表街道を歩いた思想家にスポットライトを当てるのではなく、むしろレッシングが行なったように、世間の偏見や悪意によって不当な扱いを受けてきた思想

家を取り上げて、より公平な視点から再評価し、彼らの名誉回復ないし復権を図るような思想史を意図しています。裏街道には思わぬ危険がつきものですが、表街道にはない手つかずの自然や素朴な人間的真実も残っているものです。山陰の生まれで、生来捻くれ者のわたしは、西洋思想史の裏街道に埋もれているそういう思想家や思想を発掘して、いつの日か世に問うてみたいと思っています。

　もう与えられた時間も尽きていますので、そろそろわたしの講話を終わろうと思います。わたしも間もなく 52 歳になり、おそらく北上の旅も今回をもって終わることでしょう。祖父母や父が成し遂げることのできなかったことを、わたしは最北の地で成し遂げたいと願っています。これからは「北の国から」皆さんを刺激したいと思います。北の大地に憧れた「夢追い人」は、札幌を人生の最終章の舞台に選びました。馬鹿げた決断かもしれませんが、愚直さはわたしの数少ない美徳の一つです。「憧憬」も「過去への郷愁」（ノスタルジア）もともにロマン主義の顕著な特徴ですが、聖学院の「夢追い人」はロマンを求めて北へ向かいます。聖学院を去ってから皆さんとともに過ごした日々を懐かしく思い起こすことでしょう。またいつか皆さんの人生と交差する局面があれば幸いです。是非素晴らしい欧米文化学科にしてください。本当に有り難うございました（2004 年 1 月 14 日）。

2005 年 2 月、『安酸家の原風景』124-144 頁

2. ふるさとの心象—望郷スケッチ

　「ふるさとの訛（なまり）なつかし停車場の人ごみの中にそを聴きに行く」。啄木のこの短歌はふるさとへの郷愁を詠ったものとして有

名だが、現在ではわざわざ長距離列車が発着する駅に出向かずと
も、ふるさとの訛はわれわれの耳に飛び込んでくる。『ゲゲゲの
鬼太郎』の作者の水木しげる氏は、鳥取県境港市の出身なので、
NHK の朝の連続テレビ小説「ゲゲゲの女房」の登場人物たちの
会話には——若干のわざとらしさは否めなかったが——、随所に
山陰地方特有の訛や表現が見うけられた。不思議なもので、ふる
さとの訛に触れると、意識の底に沈んでいた遠い昔の記憶が蘇っ
てくる。

　弓ヶ浜半島のほぼ中間の半農半漁の小邑に生を享け、18 年間
その地で過ごしたわたしは、大阪万博のあった 1970 年、住み慣
れた郷里米子を離れて京都の大学に進学した。丸 10 年間古都の

米子駅 1 番線ホームの「ねずみ男」の像

格式ある大学で学んだ後、さらに米国（ナッシュビル）に3年半、西独（ゲッティンゲン）に1年半、海外留学を試みた。1985年に学位を得て帰国したものの、非常勤講師の職すらなかったので、やむなく東京で2年半のサラリーマン生活をした。その後ようやく盛岡市の小さな私立大学に職を得たが、このことが啄木や賢治に親しむきっかけとなった。渋民村の石川啄木記念館や花巻市の宮沢賢治記念館には幾度となく足を運んだ。岩手には札幌に移り住むまで17年間暮らした。亡父の墓も盛岡市にあるので、いまでは岩手が第2のふるさとになっている。北海道を人生の最終章の舞台と決めて本学に赴任したので、北海道はいわばわたしの第3のふるさとであるが、ふるさとは遠ざかってはじめてその有難味がわかる。いわば流謫の人生を歩んできた自分にとって、とりわけもはや戻ることのできない生れ故郷は、格別な愛着と郷愁を惹き起こす。

　そういうこともあって、2年前の夏に久し振りに松江と米子を訪れたとき、高校時代に乗っていた境線の電車に乗って、米子から境港まで足を伸ばしてみた。JR境線はいまでは「ゲゲゲの鬼太郎」にちなんで、始発の米子駅は「ねずみ男駅」、かつての自宅の最寄りの駅は「つちころび駅」、終点の境港駅は「鬼太郎駅」という別名がつけられている。裏日本一の漁獲量を誇る港町の境港市は、いまや「ゲゲゲの鬼太郎」の町として知られ、「水木しげるロード」と名づけられた街路の両脇には、無数の妖怪の彫像がところせましと置かれている。水木ワールドともいうべきこの妖怪の世界を体験するために、近年は日本全国のみならず、韓国や中国からも多くの観光客が訪れるという。しかし約20年振りに訪れた郷里は、離農と高齢化が急速に進んで、線路脇にはいたるところに雑草が藪のように生い茂っていた。日暮れ時には妖怪

が出てきてもおかしくない光景だ！妖怪は自然が残る暗いところでしか棲めないそうなので、これは喜ぶべきことかもしれないが、ふるさとの荒廃ぶりはやはり痛ましい。耕作を放棄された田畑は美しい自然とは対極のものだからである。

　今日、日本全国における田園や里山の荒廃は深刻である。われわれが掲げる新人文主義の理想は、こうした現状を打開するためにも必要である。いまこそ文学や思想の力を結集してふるさとを再生し、新しい郷土を創成する努力をすべきではなかろうか。わが人文学部は国際社会でグローバルに活躍できる人材の育成を目指すばかりでなく、わが国の豊かな自然や伝統文化を重んじて後世に伝える役割をも担っている。経済発展と引き替えに失った固有の精神的価値を掘り起こし、新しい文化創造に寄与することは、本学人文学部に課せられた崇高な使命であると信じてやまない。

2011 年 3 月、北海学園大学『人文フォーラム』第 34 号、1 頁

3. 山登りと山歩き

　わたしは山登りや山歩きには無縁な平地型の人間である。そもそも生まれ落ちたのが、日本海に面する山陰の小邑（和田浜）で、山ではなく海に親しんで成長した。毎年山登りのスナップ写真を年賀状にして送ってくれる友人もいるが、わたしはこれまで人生において山に登ったことは、わずかに 3 回を数えるのみである。

　最初の登山は小学生 5 年生の夏で、伯耆富士とも称される郷里の霊峰大山にクラスメート全員で登った。海抜 1729 メートルあるので、小学生にとっては結構大変だった。2 度目の登山は大学

姫神山の山頂にて（2001年）

時代のことで、教会関係者たちと比叡山に登った。京の都を鎮護するこの山は850メートルほどの低い山であるが、予想以上に時間がかかった記憶がある。修学院から雲母坂（きららざか）登山口に行き、そこから大比叡山頂まで2時間半以上かかっただろうか。3度目の登山は2001年5月、当時住んでいた岩手県盛岡市の姫神山（ひめかみさん）に家族で登った。岩手山の半分くらいの高さの山であるが、それでも登るのは結構大変だった。中学2学生の上の娘と小学5年生の下の娘は登り切ったが、家内は中腹で引き返しわれわれが戻ってくるのを下で待っていた。

　山歩きに関しても、忘れがたい思い出がある。大学2年の夏休みに、アルバイトをして購入したテントを背負って、クラスメートの岩田辰吾くんと連れだって黒部渓谷から信州にバックパック旅行を企てた。白樺湖、蓼科高原、軽井沢などをめぐった後、相方と別れて一人旅となった。決めた旅程表通りに動こうとする生真面目な友人と、臨機応変に旅程を変更することも厭わぬわたしとの間に、微妙な意見の食い違いが生じたため、23日別行動をとることにしたのであった（ただし、そのあと名古屋で再び合流した）。地図で見ると簡単に行けそうだったので、長野県側のバスの終点から群馬県側のバス停まで、徒歩で行けると考えたのが大間違いだった。何時間歩いても目的地につかず、そのうちに日が暮れてきた。人っ子一人いない薄暗い山道は内面の不安を助長した。いまさら引き返すわけにもいかない。すっかり日も落ちて漆黒の闇になったころ、ようやく遠くに山小屋の明かりが見え

た。関東の某大学の山小屋であった。すがる思いでドアをノック
し、事情を話して敷地内にテントを張らしてもらった。しかし獣
の鳴き声や風の音などがして、大自然のなかでの一夜は本当に心
細かった。翌朝再び歩き始めて、2時間後くらいにようやく群馬
県側のバス停に辿り着いたとき、えもいわれぬ安堵感と疲労感を
覚えた。

　以上が、山登りと山歩きに関するわたしの乏しい体験のすべて
である。〔本書のところどころに見てとれるように、〕わたしの実
人生はまさに山あり谷ありの起伏に富んだものであるが、数少な
い山登りと山歩きから学んだ教訓は、貴重な指針として自分を支
えてくれている。

　ところで、わたしは思想史研究を生業としている。考えてみる
と思想史研究というものは、山歩きに、とりわけワンダーフォー
ゲルに似ている。思想史研究は、テクストとそれが成立した歴史
的コンテクストを踏まえつつ、複雑な思想史的ダイナミズムを一
定の時間の広がりにおいて、過去と現在の両方の視点から解釈す
ることを任務としている。それはいわば山から山、谷から谷へと
渡り歩くワンダーフォーゲルのような知的営みである。これに対
して、アルピニストは山頂を極めることにロマンを感じ、登攀に
命を懸けることも厭わない。一流のカント学者とかヘーゲル学者
などはいわばこの種のアルピニストである。彼らはカントやヘー
ゲルの哲学を微細かつ徹底的に解明することを畢生の課題として
いる。トレルチやレッシングの研究に従事していた頃のわたし
も、たしかにアルピニストに憧れ、それを目指していた。しかし
20年くらい前から、むしろいろいろな思想家の相互連関を解明
することの方に喜びを見出すようになった。関心が思想研究から
思想史研究へとシフトしたからである。今ではさながら山頂から

の展望を想像しながら、山麓から山並みを愛でることに、ささやかな知的喜びを感じている。

2017 年 12 月、北海学園大学 II 部北海岳友会会報
『こまくさ』第 10 号に若干加筆修正

4. 病を得る

　「病を得る」という表現は少し奇異な響きがする。一般的には、「得る」という表現は、英語の "gain" がそうであるように、人、物事、地位などを「手に入れる」「自分のものにする」「獲得する」ことを意味する。通常、得ることの対象となっているのは、好ましいものや望ましいものであることが圧倒的に多い。病を得て嬉しい人が果たしてどこにいようか。しかし各種の国語辞典で調べると、この動詞は（罪や病気など）好ましくない物事を被ることにも用いられることがわかる。「病を得る」はその代表例である。

　「病は気から」という表現があるが、たしかにそこには一理がある。気の持ちようで病気は重くもなるし軽くもなる。しかしひとはなりたいと思わなくても病気になる。つまり「病を得る」ことは人生における不可避の事柄である。そして通常ひとは病気になると決してそのことを喜べない。

　わたしの父は身体が丈夫な人で、尋常高等小学校を通じて一度も欠席したことがなく、老齢になるまでに病院に入院したのは、海軍時代に盲腸の摘出手術を受けたときのただ一度きりだった。特殊潜航艇の乗組員だった父は、航海中に盲腸炎に罹ると大変だということで、予防的に盲腸の摘出手術を受けたので、病気入院や手術を受けたことはない人であった。それとは対照的に、わた

しは子どもの頃はよく病気になった。数えてみたら小学校の６年間で合計 42 日も欠席している。そのうち仮病は１回きりで——小学４年の時、学芸会の主役に抜擢されたが、恥ずかしがり屋のわたしはそれが嫌で、練習をサボるために一度だけ仮病をつかって学校を休んだ！——、あとはすべて正真正銘の病気であった。通常の症状は、突然熱が出たりひどい吐き気を催したりして、２日３日は何も食べることができなかった。一切のものを受けつけず、薬や水ですら吐いてしまう小学生の頃のわたしが、病床でいつも夢想するのは、家族が囲んでいる食卓の料理であったり、友だちとの楽しい遊びだったりした。日常のそうした平凡な１コマは、病気になったときにこの上なく貴重なものに思えた。

　あまりの頻度で原因不明の病気になるので、母があるとき占い師を訪ねたところ、長男であるわたしが母の厄を背負って生まれていること、屋敷の北隅に汚れたものが置かれているのも一因なので、それを取り除くべきだということ、しかし中学に上がればこういう症状は起こらなくなるだろう、と告げられたという。わたしはその話を聴いたとき半信半疑であったが、実際その通りになったから不思議である。

　わたしが病気で学校を休むと父はいつも少し不機嫌そうに思われた。尋常高等小学校を無欠席で通し、その後海軍の軍人そして自衛隊官として、日々元気に働いていた父にとって、特別な病気に罹っているわけでもないのに病欠を繰り返す息子は、おそらく虚弱で頼りない跡取と思えたに違いない。子どものころの記憶を辿ってみても、父が仕事を休んで自宅の布団に伏していたのは、大山での冬山演習の際に、スキーで転んでねん挫したときだけである。そういう父だったので、自衛隊の勤務から帰ってきて、寝込んでいるわたしを見ると、しばしば「今日も休んだのか？」と

言った。その言葉を耳にすると、非難されているようでとても辛かった。

　だが、頑強な父が70歳に差し掛かる頃から、健康に少し異変を来すようになった。それはわたしが15年に及ぶ日本・米国・西独での勉学を終え、帰国後2年半のサラリーマン生活を経て、ついに岩手県の盛岡大学に助教授として採用された頃であった。わたしは病に倒れた父と単身で介護している母を引き取るために、盛岡市に隣接する滝沢村に自宅を建てて、1989年に両親を引き取った。それは長男としての役目も果たさずに研究を続けてきたことへのせめてもの罪滅ぼしだった。父はそれから2年余りで亡くなり、母はさらに20年以上も長生きして、4年前に札幌で亡くなった。いずれも最期は「病を得て」の闘病生活ののちの死去であり、両親の墓はかつて住んでいた盛岡市にある。いずれはわたしも家内もそこを永眠の地とするかもしれない。

　さて、わたし自身は小学生の頃はよく病気になったが、その後は大病もせず比較的元気で――と言っても、30歳そこそこでハードワークと過度のストレスからある生活習慣病にかかり、それ以後4週間ごとに病院から各種の薬を処方されているが――入院を経験したこともなかった。ところが一昨年、昨年と2年続けて大病に罹り、入院と手術をする羽目になった。前立腺癌と椎間板ヘルニアに罹って、手術入院を余儀なくされたからである。今でもその後遺症に悩まされてはいるが、2度の入院と手術を経験して改めて考えるようになったことがある。「病を得る」ということは、われわれ人間にとっては必ずしも悪いことではないのではないか？　「病を得る」ことによってはじめて得ることのできる、ある貴重なものがあるのではないか？　つまり、健康なときには当たり前に思っていて、感謝することもまったくなく過ごし

ていたが、「病を得る」ことによってはじめてその有難みを実感
し、健康に生きられることはまさに奇跡のようなものだ、と思う
ようになった。この自然界の営みもそうであるが、われわれの人
体も絶妙な循環とバランスによって保たれている。それを自然の
摂理といえばそうであるが、われわれの生命はわれわれを超えた
ものによって支えられている。普段はこの当たり前の事実に気づ
きもせず、感謝することもしないわれわれであるが、「病を得る」
という経験をすることによって、人間ははじめて生かされている
ことに気づくのである。その限りでは、「病を得る」ことは必ず
しも悪くはない。

　畢竟、仏教でいう四苦、すなわち生老病死は、人間にとって避
けることのできないものである。その現実をしっかり受けとめな
がら、自然と調和しながら生きる生き方とはどのようなものなの
か？　わたしが好きな『北の国から』の主人公の黒板五郎は、純
と蛍に次のような遺言を残した。「〔……〕自然はお前らを死なな
い程度には充分喰わしてくれる。自然から頂戴しろ。そして謙虚
に、つつましく生きろ。それが父さんの、お前らへの遺言だ。」
これは通常のキリスト教と相容れない要素を含んでいるかもしれ
ないが、わたしはここに自分の目指すべき方向性が示唆されてい
るように感じている。ひとがそこにキリスト教的有神論と異なる
「万有在神論」（Panentheismus）を察知するとすれば、甘んじ
てその嫌疑を受け容れよう。生も死も、病も老いも、「すべては
神のうちにある」という今の境地は、「病を得る」ことによって
実感をもって到達したものだからである。

　　　　　　　　　　　　2018 年 10 月 23 日（浅羽祭の翌日）に記す

Ⅲ.

回想

1. 武藤一雄先生の想い出

Kazuo Muto. *Christianity and the Notion of Nothingness* (Brill, 2012) より

わたしは武藤先生に対して放蕩息子のような申し訳なさを感じている。わたしは先生の最晩年の学生の一人であったが、先生はわたしにとっていささか敷居が高すぎた。決して反撥したわけではなかったが、わたしは先生から遠ざかる方向を繰り返し選択してきた。ニーバーを修士論文のテーマに選んだのは、先生が立脚しておられるキルケゴール的実存の狭さから脱却して（生意気にも当時のわたしはそう思っていた）、現実の世界史的広がりを欲したからであったし、ドイツでなくアメリカを留学先に選んだのも、ドイツ一辺倒の教室の傾向に対するささやかな反抗心からであった。留学から帰国後も、最初は東京にそして次に岩手に住んで、ついに先生のいらっしゃる京都に近づくことはなかった。もちろんこれは望んでそうなったというよりは、むしろ諸般の事情がそれを許さなかったからであるが、いずれにせよわたしにとって生前の先生は「遠い」存在であり続けた。

しかし亡くなられた今になって、自分が先生からいかに大きな影響を受けたかを感じざるを得ない。トレルチ研究に向かうようになったのは、「*Soziallehren* を読んでみては？」という先生の一言であったし、レッシング研究の隠れた源泉も先生のなかにある。先生の思想の深みに通暁しておられるある方は、拙著『レッシングとドイツ啓蒙』を武藤宗教哲学の最良部分を継承するものと評価して

下さったが、こういう有り難い指摘（もちろん鵜呑みにはできないが）に接すると、自分が先生の教え子であることをあらためて思う。

　目下、異国のアウクスブルクにいて、先生ご夫妻との出会いと交わりを振り返ってみると、いろいろなシーンが走馬燈のように思い起こされる。先生にはじめてお会いしたのは、1972年、ご自宅の薄暗い2階の部屋においてであった。工学部から文学部の基督教学科への転入を希望していたので、その意志確認のために呼び出されたのであった。先生は型どおりの受け答えしかできないわたしに、自分は非力なので就職の世話はできないけれども、それを承知で転入を希望するのであればそれを拒むものではない、という趣旨のことをおっしゃった。三重子夫人にお目にかかったのもそのときがはじめてであったが、その後ご自宅を訪ねるたびに覚えた劣等生ゆえの気の重さが、あの優しい笑顔によってどれだけ和らげられたことだろう。

　学部時代のわたしは勉強以外のことに熱中していたので、先生のラーナーの演習もキルケゴールの演習も平気でサボった。この礼儀知らずの学生に対して、先生はいろいろな機会にしっかり勉強するよう諭され、アウグスティヌスとかルターといった古典的キリスト教思想家を学ぶことの大切さを懇々と説かれた。それでも一向に勉強に身が入らなかったが、あるとき「解釈学的〈中〉」に関する講義を聴いていて、わたしは突如先生に対して眼が開けた。それからというものは、一言も聴き漏らすまいと必死でノートを取った。しかし先生は小声だったので、正直なところこれはかなり骨の折れる仕事であった。

　先生は厳しくも実に優しい人であった。先生の優しさを感じて思わず涙が出そうになったのは、修士論文の口頭試問のときであった。先生は論文の内容には一言も触れず、何よりもわたしが当時住んでいた下宿のひどさを心配されて、これから博士課程に入って勉強するためにも、もう少しましな下宿に引っ越してはど

うか、お金がないなら貸して上げようとおっしゃった。あまりにも意外な申し出に驚いて見上げると、先生は真顔であった。

　アメリカに留学する際には、推薦書が必要なのでお世話になったが、先生は自分は英語が下手なので申し訳ないが下書きを書いてきて欲しいと言われる。先輩の秦剛平さんの助力を得て書いてゆくと（英語の推薦書はその人物を売り込む内容でなければならないという氏のご意見に従って！）、君は自分のことをこんなに高く評価しているのかと皮肉を言われ、あまりにも良すぎると嘘っぽくなるからといって、次々に穏健な表現に変えられてしまった。その結果、推薦書としてはいささか控え目すぎる内容になってしまったが、このエピソードは先生のお人柄をよく物語っていると思う。

　留学から帰国後、なかなか大学に職が得られず、東京で2年半学問研究とは無縁の仕事をした末に、ようやく盛岡大学に就職できる運びになり、その報告の電話をしたときにはとても喜んで下さった。先生は都落ちして行くわたしの心の寂しさを察してか、自分は昔から宮沢賢治には大変興味をもっており、岩手には是非一度行ってみたいと思っていると励まして下さった。東北の片隅にいて何とか頑張ってこれたのはそのときの励ましによっている、といっても過言ではない。

　このように先生の思い出はつきない。先生は逝ってしまわれたが、その記憶はいつまでも褪せることはない。先生の存在はわたしにのなかで日増しに大きく、そして驚くほど「近い」ものになってきている。

2000年3月、武藤一雄先生御夫妻追悼文集
『無きが如くに有りて生く』燈影社、188-191頁

2. 出会いの不思議

　わたしの研究者人生は、京都大学大学院修士課程で取り組んだラインホールド・ニーバー研究を出発点としている。ニーバーの直弟子で、当時東京神学大学の助教授であった大木英夫先生との意義深い接触は、修士論文を作成する過程で起こった。当時客員として通っていた京都平安教会の小野一郎牧師より、大木英夫先生が『形成』という雑誌にニーバーのことを書いておられたと教示され、滝野川教会椎の木会に『形成』を講読したい旨の手紙を書いたことがきっかけであった。しかしひと月待っても返事はなく、痺れを切らして再度はがきを出したところ、今度は大木先生から直々に丁寧な手紙が届いた。1976年11月15日付けの手紙には、次のように記されていた。

　　十月六日附のお便りを『形成』の事務から回附され拝見致しました。
　　事務上の不手際があったとのことをその際聞かされ、私からもお

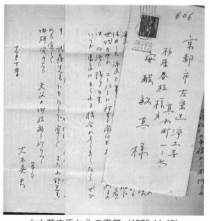

大木英夫氏からの書簡（1976.11.15）

わび致します。ご迷惑をおかけ致しましたことを申しわけなく存じます。ご容赦下さい。

ニーバーに御関心をもたれておられます由を知り、大変嬉しく存じます。歴史理解に焦点を当てておられる御様子ですが、ニーバーの思想の最も興味深い点に着目されました。今年度の東神大の修士論文にも同様な主題をとり上げ、とくに終末論に注目した論文を書いた学生がおります。日本の若い世代の中に、ニーバーに対する関心がおこりつつあるのは、心強い限りです。

いつか東京に出られる機会がありましたら、ぜひご一報下さり、拙宅（三鷹の東神大構内）にお立ち寄り下さいませんか。お目にかかって話合いの時をもちたく存じます。〔……〕

　『終末論』『ピューリタン』『終末論的考察』などの著作で名高い異色の神学者に対して、遥か京都から深い憧れの念を抱いていたわたしは、万年筆で書かれた達筆な手紙に接して舞い上がるほど嬉しかった。このことが機縁となって、のちに大木先生が理事長を務めておられる聖学院大学に奉職することになったが、その当時はまさかそのような将来が待ち受けているとは夢にも思わなかった（書簡中に言及されている東神大の学生とは、西谷幸介氏のことであろう。彼とはのちに聖学院で同僚となった）。ともあれ、大木先生に上記のように励まされて、わたしは「ラインホールド・ニーバーの歴史理解とその問題性」という題目の修士論文を書き上げて、1977 年 4 月に博士課程に進学した。武藤一雄先生のご助言もあり、博士課程ではあらたにエルンスト・トレルチの研究を開始したが、そこには大木先生の『ピューリタニズムの倫理思想』──この書はトレルチ的問題意識を出発点としている──の影響もあった。

　わたしが所属していた京都大学文学部キリスト教学教室には、波多野精一以来、有賀鐵太郎、武藤一雄といった歴代の教授が、それぞれの仕方でトレルチの思想を批判的に受容しておられる伝統があり、また当時助教授であった水垣渉先生も「宗教史学派の根本思想」という論文を書いておられたし、さらに教室の先輩で『キリスト教の近代性』の著者でもある森田雄三郎先生も非常勤講師として教えておられたので、トレルチ研究に着手するには格好の場所であった。森田先生からは、「キリスト教の本質」論と『社会教説』とを関連づけて学ぶとよい、との有益な助言を受けた。

　このようにして、わたしは緩やかにニーバー研究からトレルチ研究へとシフトしていったのであるが、当初は両方の研究を並行させながら、博士論文のテーマを絞り込んでいこうと考えていた。その過程でわたしの関心を引いた一人のアメリカ人神学者がいた。シカゴ大学の組織神学者ラングドン・ギルキー（Langdon Gilkey、1919-2004）である。ギルキーはニーバーの追悼集『ラインホールド・ニーバーの遺産』 *The Legacy of Reinhold Niebuhr*（1975）のなかに、「ラインホールド・ニーバーの歴史の神学」と題する興味深い論考を寄稿しており、それがわたしの興味を引いたのであった。

　博士課程で３年間トレルチについて基礎的研究をした後、ロータリー財団奨学生としてアメリカに留学することになったが、たまたまギルキーが森田先生の友人であったので、申請書にはギルキーのいるシカゴ大学神学部を留学先の第１志望に挙げていた（第２志望はリチャード・R・ニーバーがいるハーバード大学、第３志望はハーバート・リチャードソンが教鞭をとるトロント大学であった）。ところが、ロータリー財団本部が第５志望までのリストにも載っていないヴァンダービルト大学を指定してきた。

上記の3校のいずれかと考えていたので大変当惑し、留学先の変更希望を財団本部に申し入れた。幸いにもその要望はすんなり聞き入れられた。だが、その段階でヴァンダービルト大学から、ロータリー財団奨学金が切れる2年目以降、University Fellowship という大変名誉ある奨学金を約束するとの、何とも有難い提案がなされた。ヴァンダービルト大学について予備知識のなかったわたしは、敬愛する先輩の秦剛平さんに相談したところ、「南部のハーバード」(Harvard of the South) と称されるような良い大学であることを教えられ、そこでシカゴではなく、テネシー州のナッシュビルにあるヴァンダービルト大学に留学することを決断した。

　このようなわけで、シカゴ大学への留学の夢は実現せず、ギルキーに師事することも叶わなかったが、ヴァンダービルト大学に赴いたことは、結果的にはとても良かった。授業料の心配を一切しなくてもよかったことに加え、Southern hospitality といわれる人情に厚い土地柄だったからである。ヴァンダービルト大学には、ピーター・C・ホジソンとジャック・フォーストマンがいた。ホジソンはヘーゲルを、フォーストマンはシュライアマハーを、それぞれ専門的に研究していた。2人の他にも、ユージン・ティセル、エドワード・ファーレイ、サリー・マクフェイグ、トーマス・オーグルトリーなど、働き盛りの有能なスタッフが揃っていた。のちにわたしをゲッティンゲン大学に招いてくれた新約学者のゲルト・リューデマンも、当時スタッフの一員でありすでに異彩を放っていた。

　ホジソンもフォーストマンも必ずしもトレルチに精通してはいなかったが、前者はイェール大学のH・リチャード・ニーバーの弟子であり、後者はユニオン神学大学のヴィルヘルム・パウク

の愛弟子だったので、ニーバーやトレルチとの間接的な接点は皆無ではなかった。それどころか、パウクはユニオン時代にニーバーの同僚であり、フォーストマンと大木先生はそこでの知り合いであった。しかもパウクはベルリン大学でトレルチやハルナックの薫陶を受けたドイツ人学者だったので、パウクとフォーストマンが設立しヴァンダービルト大学のキリスト教思想史講座は、わたしにとってはおそらく最も相応しい学びの場所であった。

　ちなみに、ギルキーはシカゴ大学に移る前は、実はヴァンダービルト大学で教鞭を執っていた。しかしその当時盛り上がった改革運動（学生運動）に連座して、大学の経営陣ならびに首脳陣に反対する意を表明してヴァンダービルトを去ったとのことであった。ギルキーは明確なニーバーリアンであると同時に、ティリキアンでもあり、のちに秀逸な『ティリッヒ論』 Gilkey on Tillich (1990) と『ニーバー論』 On Niebuhr: A Theological Study (2001) を世に送り出している。わたしが最初に読んだ『つむじ風を刈り取って—キリスト教的歴史解釈』 Reaping the Whirl-wind: A Christian Interpretation of History (1976) は、「ニーバーとティリッヒの生涯と思想に感謝を込めて」捧げられている。ちなみに、ギルキーはそれ以前に『つむじ風を名づけて—神言語の更新』 Naming the Whirlwind: The Renewal of God-Language (1969) という書物も書いており、わたしが旧約聖書的表象の「つむじ風」(whirlwind) に特別な関心を抱くようになったのは、まさにギルキーを通してであった。

　それはそうと、ギルキーの著作を読む限りでは、トレルチに対する関心はあまり感じられないので、もしシカゴに留学してギルキーに師事しておれば、トレルチではなくニーバーについて博士論文を書くことになったかもしれない。あるいはシカゴ大学神学

部には、シュライアマハーやトレルチに関する研究者として名高いブライアン・A・ゲリッシュがいたので、トレルチで博士論文を書くとなれば、ゲリッシュが主査になった可能性も高い。ともあれ、人生とは不思議なもので、目に見えないところでいろいろな関係が存在しており、微妙な選択の相違によって、その後の展開に大きな差異が生ずるものである。

　ついでに、ここでもう一つ付け加えておきたいことがある。わたしはトレルチ研究の後にレッシング研究に赴いたのであるが、わたしがいつレッシングに関心を持ち始めたのかは、自分でも正確にはわからない。森田先生の著書のなかに見出した「レッシングの溝」についての言及は、一種の呼び水とはなったものの、一つのきっかけにすぎなかった。そうではなく、あるときレッシングの言葉が記された栞を手にしたことが、のちに本格的なレッシング研究を行うようになった主因である。それは学部の3回生の頃だった。京都府立医大近くのキリスト教書店でたまたま目にしてその栞を購入した。しかし何度も引っ越しをするうちに紛失してしまい、どこを探しても久しく見つからなかった。ところが、今回この発表の準備をするためにギルキーの *Reaping the Whirlwind* を三十数年ぶりに繙いたところ、なんとそこにその栞が挟み込まれてい

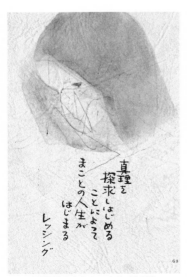

真理を
探求し はじめる
ことによって
まことの人生が
はじまる

レッシング

再発見されたレッシングの栞

た。そこには「真理を探求しはじめることによってまことの人生がはじまる　レッシング」と記されている。これはレッシング自身の言葉ではなく、むしろ真理探求者たる彼の生き方を表現したものであるが、この栞との再会はわたしにとってまさに奇跡ともいうべき出来事であった。これを購入した当時、将来自分がレッシング研究者になろうとは想像だにしなかった。主要な研究対象をニーバー、トレルチ、レッシングと拡大してきたわたしにとって、35 年も昔に読んだギルキーの旧著が、このような仕方で自分の研究の道筋を明らかにしてくれようとは、まったく思いも寄らないことであった。まことに人生は不思議な出会いに満ちているが、わたしはその背後に神の摂理のようなものを感じている。

2013 年 2 月 18 日、聖学院本部でのラインホールド・ニーバー研究会第 6 回例会における口頭発表「ニーバー再考─その歴史理解を中心に」より抜粋

3. 追悼　ゲルト・リューデマン先生

　真理の探求ということと、出会いの不思議ということを思うたびに、脳裏をよぎる一人の人物がいる。その人との出会いもまことに神の摂理だと思わざるをえない。その人の名はゲルト・リューデマン（Gerd Lüdemann, 1946-2021）。ドイツのキリスト教会や神学者の間では、「悪名高き」という形容詞が付されるかもしれないが、わたし自身はそのようなレッテル貼りにはいささかも与しない。

ありし日のゲルト・リューデマン氏

わたしがリューデマン氏の名前を知ったのは、ヴァンダービルト大学への留学が決まった直後、指導教授の水垣渉先生を通じてであった。E・P・サンダース編集の *Jewish and Christian Self-Definition*（Philadelphia: Fortress Press, 1980）という本に収録されている、"The Successors of Pre-70 Jerusalem Christianity"（70年以前のエルサレム・キリスト教の後継者たち）という論文をご教示くださり、ヴァンダービルト大学神学部にはこのような優秀な若い研究者がいる、と仰った。当時の肩書を見ると、Assistant Professor of New Testament となっている。日本流にいえば「准教授」ではなく、「専任講師」か「助教」のような立場であるが、よわい34歳なので順当といえば順当だったかもしれない。わたしがアメリカ留学に旅立ったとき、ヴァンダービルト大学神学部のスタッフで名前を知っていたのは、このリューデマン氏と、トレルチとバルトの比較研究で学位を得ていたオーグルトリー教授（Thomas W. Ogletree, 1933-）だけであった。のちに指導教授となるホジソン教授（Peter C. Hodgson, 1934-）やフォーストマン教授（H. Jackson Forstman, 1929-2011）のことはまったく知らなかった。

　あるときヴァンダービルト大学のカフェテリアで、新約学専攻の院生の一人が興奮気味にリューデマン氏の噂をしているのを耳にした。とにかく研究熱心で夜通し研究し、寝ぐせのついた髪のまま教室に現れて、ものすごく情熱的な講義をする先生だ、という話だった。その方との直接的な出会いはそれからほどなくして起こった。指導教授のホジソン教授──当時、先生はヘーゲルの『宗教哲学講義』の翻訳プロジェクトの英語圏の責任者であった──が自宅で「ヘーゲルの夕べ」（Hegel Abend）なるパーティーを主催され、わたしも招かれてご自宅に伺うと、そこにリューデマン氏も

来ておられた。わたしがご挨拶をして、自分はトレルチ研究を
やっていると申し上げると、にこっとして「トレルチはわたしの精
神的な父です」(Troeltsch is my spiritual father)と仰った。そ
れがナッシュビルにおける偶然の、そして唯一の会話の機会で
あった。

　それから2年足らずのうちに、リューデマン氏は母校ゲッティ
ンゲン大学神学部の正教授として、ドイツへ凱旋帰国された。ア
メリカで Assistant Professor だった人が、ドイツの大学の正教
授 (Ordentlicher Professor) に就任された訳なので、これは
異例の出世だったといってよい。このとき多少の面識のあったアン・ミリンさんとスタンレー・ジョンズ氏が、リューデマン氏と
ともにゲッティンゲン大学に転学していった。わたしも約1年後
に彼らの後を追うことになったが、そこには以下に記すような偶
然のすれ違いと導きが関与していた。

　1983年の11月末に、わたしはヴァンダービルト大学の博士資
格試験 (Ph.D. Qualifying Examinations) を無事終えて、博士
論文執筆のためにゲッティンゲン大学に赴いた。本来はトゥルッ
ツ・レントルフ教授を慕ってミュンヘン大学に行くつもりであっ
たが、待てど暮らせど来るはずの招待状が来なかった。そこで思
い切ってゲッティンゲンのリューデマン氏に手紙を書いた。する
と「即座に」(sofort) ゲッティンゲンに来なさい、との嬉しい
返事が氏から届いた。ゲッティンゲン大学はかつてトレルチが大
学生活を送り、そこから博士の学位を得た大学であった。ところ
で、あとで判ったことであるが、レントルフ教授から招待状が来
なかったのは、たまたま夏休み期間中だったため、大学宛てに
送った手紙を手に取って読む機会がなかったからである。お詫び
を兼ねた丁寧な招待状がナッシュビルから転送されてきたのは、

ゲッティンゲンに到着してから数日後のことであった（レントルフ教授からの手紙の日付は、1983年11月21日となっており、まさにわたしの渡独と入れ違いにアメリカに届いたものと思われる）。

　レントルフ教授からのミュンヘン大学への招待状は嬉しかったが、すでにリューデマン氏のご好意で住まいと研究室まで世話してもらっている以上、もはやミュンヘンに行くことはできなかった。ちなみに、ゲッティンゲンでわたしと家内が住んだのは、リューデマン氏が新たに購入された家の地下室であった（地下室といっても、玄関から入ると1階下がるが、裏庭からみるとまさに1階に位置する部屋で、いわゆる地下室ではなかった）。前の所有者がまだ2階・3階部分に住んでおり、リューデマン氏とご家族は、郊外の村に住んでおられた。研究室としては、助手のユルゲン・ヴェーナート氏と相部屋ながら、ちゃんとした部屋を一室あてがってくださった。神学部の図書館へのアクセスも良いこの研究室で各種の資料や論文を読み、"Ernst Troeltsch as the Systematic Theologian of Radical Historicality" と題するわたしの博士論文は、このリューデマン邸の地下室で完成された。リューデマン氏のご好意なしには、わずか1年足らずで博士論文を書き上げることはできなかったであろう。そのことを思うと先生への感謝は尽きない。

　帰国後は1988年9月、アウクスブルクで開催された第3回エルンスト・トレルチ国際学会で一度お目にかかった。そのあと神学部長を務めつつ、精力的に研究活動・執筆活動を展開して、まさに獅子奮迅の活躍をされていたが、やがて不幸な出来事が起こった。歴史的＝批判的な研究方法を駆使した氏の新約学研究と、神学部がそれに基づいて聖職者養成の任務を果たすルター派

教会のキリスト教信仰とが、烈しい軋轢を生んだのである。ヒートアップする神学論争のなかで、イエスの復活についての伝統的解釈を否定したリューデマン氏は、神学部には不適格な人物だと断罪された。神学論争はついに法廷闘争にまで発展し、リューデマン氏は神学部から追放されるに至った。この論争は何冊もの書物となっており、新約学の門外漢であるわたしが軽々に嘴を挟むことはできないが、わたしは人間的にはいまでもリューデマン氏を慕っているし、大きな学恩を感じてもいる。

わたしはリューデマン氏の 65 歳の誕生日を祝う論文集『初期キリスト教と宗教史学派』*Frühes Christentum und Religionsgeschichtlice Schule. Festschrift zum 65. Geburtstag von Gerd Lüdemann*（Göttingen: Vandenhoeck & Ruprecht, 2011）に執筆者として名を連ねたが、わたしが寄稿したことに感謝しつつも、トレルチの神信仰に関する解釈においては、先生はわたしの解釈に私信にて異を唱えられた。この点は学問と信仰に関わる重要な問題なので、わたしも専門家として引き下がる気はないが、こうした学術的な意見対立は個人的な人間関係をも損なうものではなかった。

2015 年 8 月、わたしは家内と連れ立って、夏休みを利用したドイツ旅行の途中にゲッティンゲンに立ち寄り、懐かしいリューデマン邸を訪れてみた。旧交を温めると同時に、すっかり村八分扱いになってしまった氏を励ましたかったからである。しかし残念ながら呼び鈴を押しても応答がなかったのに加え、屋敷がかなり荒れ果てていたため、てっきり転居されたものだと思った。その後全く消息がつかめなかったが、昨夜わたしが前日に亡くなられた森本正夫理事長の思い出に耽っていたとき、ご令嬢のアムライ・リューデマンさんから、突然の訃報メールが届いた。それに

よれば、本年の5月23日に74歳で亡くなられたとのこと。ご自宅の住所は、われわれが以前住んでいた住所のままなので、ゲッティンゲンから転居されたのではなかった。あの時お会いできていればと悔やまれるが、これもまた人の定めかもしれない。送られてきた死亡報告には、以下のような言葉が記されている。

　　生涯わたしは真理を探求しました。けれどもわたしは書物や論文を調べることをやめました。いまわたしは自分の魂の知恵に耳を傾けます。(Ein Leben lang war ich auf der Suche nach der Wahrheit. Doch ich habe damit aufgehört, Bücher oder Schriften yu befragen. Ich höre nun der Weisheit meiner Seele zu.)

　わたしとリューデマン氏は、専門分野も信仰内容も異なるし、通常の師弟関係にはなかったものの、それにもかかわらず、われわれ2人を繋ぎとめたものは、まさにこの「真理の探求」にほかならない。若き日にこの方との知遇を得たことは、わたしの人生にとってまことに僥倖であったと思う。心からご冥福をお祈りする次第である。

2021年6月3日記す

4. 「日本生産性本部」での日々

　わたしの専門分野は「キリスト教思想史」であり、著訳書は単・共著含めて20冊くらいになる。しかしそのいずれの頁にも影を落としていない奇妙な経歴がある。1つ目は大学入学時に工学部合成化学科の学生であったが、卒業時には文学部哲学科の学

生だったこと、2つ目はサラリーマン経験があり、しかも「日本生産性本部」（Japan Productivity Center、略称JPC）の嘱託職員だったことである。ここでは後者に絞って記してみたい。

日・米・独3カ国の大学・大学院で通算15年間学び、博士論文を完成させて1985年2月に凱旋帰国したものの、日本の大学のどこにも非常勤の口すら見つからなかった。仕方なく新聞の求人広告を見て赤坂見附の某国際交流事務所に就職したが、10日間ほどでそこを辞める羽目になった。5年間の外国暮らしで直截に自分の意見を述べる癖がついていたため、触れてはならぬオフィス内の暗黙事項〔ファミリー経営の問題点〕に公然と触れたことが原因であった。身重の妻を抱えて路頭に迷った自分を救ってくれたのは、アメリカ留学時代の友人で、当時JICAの職員の末森満氏（現「国際ジャーナル社」社長）であった。彼はJPCのシンガポール協力室の谷口恒明課長と昵懇で、わたしの人柄と英語力を請け合って、谷口氏に強く推薦してくれた。JPCは当時シンガポール関係の大型の国家プロジェクトを請け負っていたが、内部に英語の堪能な職員があまりいなかったために大きな失点を喫し、英語能力のあるスタッフの確保が急務となっていた。そこで渡りに船のような形で採用され、アメリカ人女性とペアを組み、複数の翻訳会社と多数の英語圏からの留学生を指揮して、英文のトレーニングマニュアルの作成に精を出した。自らは経済学や経営学の専門知識を持ち合わせなかったが、自学自習とOJTで不足を補いながら、任された職務をそつなくこなしたと自負している。

在職中、当時名誉会長であった郷司浩平氏のお目に留まり、某大学への推薦状を書いていただいたりもしたが、残念ながら実を結ばず、そのままJPCで働き続けた。シンガポール協力室の隣

にあったメンタルヘルス研究所の久保田浩也所長とも親しくなった。しかしのちにJPCの理事長にまで昇り詰められた直属の上司の谷口氏には、とくに可愛がっていただき、サラリーマンとしてのみならず、人間としてのイロハを教わった。谷口・末森両氏は、昨年わたしが学長に就任した際に、わざわざ東京で祝いの席を設けてもくださった。

　「生産性の三原則」とか「マズローの法則（欲求の五段階説）」などという、それまで知らなかった業界知識も摂取しながら、日本的経営のノーハウを人事考課、生産管理、経営計画などの具体的トピックに即して、わかり易い英語に翻訳することに苦心した2年半であったが、あのときのJPCでの経験は大学教員になってからも、とりわけ8000人規模の大学の学長に就任した今、とても役立っている。マネージメントはもとより、職場の人間環境やメンタルヘルスの問題などは、学長としてもまさに忽《ゆるがせ》にできない要事である。JPCを経由して大学教員になった者は結構いるが、学長になった者はあまりいないと思うので、異色のキャリアの持ち主として大学改革に尽力したいと念じている。

2018年7月、『せいさんせい』（北海道生産性本部）Summer No. 254、3頁

5. 遠い日の語らい──郷司浩平氏の思い出

　今でも大切にしている画集がある。何度も引っ越しを繰り返し、わが家には収まりきらない書物は大量に処分もしたが、これだけは手放せなかった。『郷司浩平画集』と題されたこの非売品の画集は、昭和61年、「生産性運動三〇周年記念」として刊行されたもので、作者はいうまでもなく（財）日本生産性本部の実質的な創設者で、第3代会長を務めた郷司浩平氏である。収録され

ている70点の作品は、「山　天国に近いところ」「水　生命の泉」
「森　神々の饗宴」「旅　温故の旅」という4つの見出しのもとに
分類されている。いずれの絵にも信仰者としての作者の人柄を反
映して、包み込むような温かさと、超越者の臨在を感じさせる凛
とした趣がある。

　昭和60年3月、5年間にわたる米・独での留学から凱旋帰国
したわたしを待っていたのは、生活苦という厳しい現実であっ
た。どこの大学にも職がなく、身重の妻を抱えて途方に暮れてい
たわたしを、アメリカで親しくなった友人が、見るに見かねて日
本生産性本部に紹介してくれた。そのとき彼の推薦ならとわたし
を雇ってくださったのが、当時のシンガポール協力室課長で、現
在の（財）社会経済生産性本部理事長の谷口恒明氏であった。多
少英語が出来たとはいえ、経済や経営の知識をこれっぽっちも持
ち合わせないキリスト教学の学徒を雇用するには、かなりの英断
が要ったと思う。本部内に反対論があったことは想像するに難く
ない。

　それだけに、その信頼と期待に応えようと一生懸命働いた。月
の残業が80時間に及ぶことも稀ではなかった。午前2時頃、タ
クシーで帰宅したことも何度かある。仕事ぶりが認められるよう
になったある日、郷司浩平名誉会長から突然お呼びがかかった。
おそるおそる名誉会長室を訪れたわたしに、郷司名誉会長は「最
近の神学と哲学について少し聴かせて欲しい」と言われた。みず
からもかつて神学を学び、ユニオン神学校留学中に、ウォール街
の株価暴落を経験し、その後経済の分野へと転身されたこの方の
眼に、若き日のわたしがどう映っていたのか、またこの日の面談
がどういう印象を与えたのか、知るよしもない。しかしその数日
後、氏はわたしを某キリスト教大学に推薦して下さった。当然の

ことながら、就職はすんなりとは行かず、その後も1年近く生産性本部でお世話になったが、名誉会長室でのあのときの語らいは一生忘れない。画集を開くたびに遠いあの日の記憶が鮮明に甦ってくる。

　この国の劣化を見るにつけ、郷司浩平氏のような財界人の不在が嘆かれてならない。

2009年3月、『本のひろば』第613号、1頁

6. 細川泰子先生のキリスト教教育理念

　細川泰子先生が逝かれてから、はや1年になります。3年ほどの短い交わりでしたが、『教育は愛なり』（ヨルダン社、1989年）を編集した関係上、人一倍深い交わりと出会いを体験させていただきました。学長室で、自宅で、病室で、あるいは同乗した新幹線のなかで交わした先生との会話は、いまとなってはかけがえのないわたしだけの宝物であるように思われます。大学におけるキリスト教教育や学問研究のあり方に関しては、意見を異にするところもありましたが、ひとりの人間としては、先生はわたしにとって特別の人でした。亡くなられた今も、在りし日のお姿が髣髴といたします。

　言うまでもなく、最晩年の細川先生はけっして幸せではありませんでした。生活学園にふりかかった不幸はすなわち先生の不幸でしたが、その不幸に先生は、リア王のように、またヨブにように、渾身の力を振り絞って抵抗されました。実際先生の最期は悲劇的ですらありました。しかし最後の瞬間における先生は、耐え難い肉体の痛みとは裏腹に、浄化された魂の安けさに達しておられました。そのような平安を先生に与えたのは、ほかならぬ先生

のキリスト教信仰でした。R・ニーバーは、「キリスト教の人生観・歴史観は、最高の精神的企てにすら不可避的に悪が随伴すると考える点で悲劇的（tragic）であるが、悪を、最終的に善なる神の支配下にあるものと見なす限りにおいて悲劇を越えている（beyond tragedy）」、という趣旨のことを述べていますが、キリスト教信仰を生き抜かれた細川先生の生涯は、その幕切れの悲劇性にもかかわらず、確実に「悲劇を越えて」いました。

　さて、生前の先生の活動は実に多岐に亙っており、その活動と交友の範囲は岩手や東北に限定されず真に国際的な広がりを有していました。しかしその活動の多様性・広域性にもかかわらず、究極的には、先生の生涯はただ一つの目標に捧げられた人生、つまり「キリスト教教育」の理想とその実践に捧げられた一生であったと思います。

　先生は徹底した信仰者であり、また卓越した教育者でしたが、先生においては、信仰者であるということと教育者であるということが、一如のことでした。先生のエッセー集を出版するにあたって、編者としてわたしがそれに『教育は愛なり』というタイトルをつけることを提案したとき、先生は満面に笑みを浮かべながら、即座に「それこそ、わたしの哲学の急所をつくものです」とおっしゃいました。もし「教育は愛なり」ということばが先生の人生観・教育観の肯綮に中るものであるとすれば、その場合、この標語のなかには、ふたつのことが意味されていると思います。

　第1に、先生の教育理念の本質は、キリスト教的な愛（アガペー）であるということです。愛に始まり愛を目指していく教育、それが先生の提唱された教育でした。第2に、先生のキリスト教信仰は、教育という愛の実践に展開していかざるを得ない性格のものであったということです。すなわちそこには、愛がキリ

スト教の本質であり、それの実践こそが真のクリスチャンの徴表であるという、先生のキリスト教信仰理解がよく示されていると思います。

　先生は盛岡大学の教育目標について、「盛岡大学は、キリストの精神をもって教養を身につけ、神の愛の高さ、深さ、広さを知り、人類愛に燃える奉仕のでき得る謙虚な人格の育成を重点にしております」と述べておられますが、ここに示されているように、「神への全き服従と人間への無限の愛を示す」このイエス・キリストに倣うこと、つまり「キリストの倣び」（imitatio Christi）をもって、先生は学園の教育目標とされたのです。

　先生のキリスト教教育理想はかくのごとくでしたが、それは「教会」的ではなく、むしろ「分派」的な理想でした。実際、教会的ないし教派的背景を有するキリスト教学校が圧倒的に多いわが国にあっては、先生のキリスト教教育のあり方はきわめて特異なものであり、いわば「荒野で呼ばわる者の声」のようなものでした。先生は「教団や宗派の支配を受けず、ただ、ひたすら神のみ旨を果たす為に最善を尽くす」ことを理想とされ、また信念としておられました。「学園は教団の形式的かかわりあいは何もありません。私たちは神の小さなぶどう園の一人なのです」。ここには教会や教派の援助によらず、独立独歩おのが道を行こうとする、先生一流の反骨精神の自己主張があることは間違いありません。しかし、先生において特徴的なことは、教会を媒介とせずにイエスに直接に同時的になろうとするそのような「分派」的な理想が、「分派」にありがちな偏狭な理想に終始せず、教義や神学を超越した真の超教派的精神（ecumenism）へと連結されていたことです。先生が信仰的にもまことに広い方であったことは、その信仰的交友関係の広さが証言するところです。

　先生のキリスト教は実践的なキリスト教でした。先生は神学とか学説とかは好まれず、日々の生活における祈りと実践を強調されました。「『朝起きて聖書を読み、昼は疲れるまで働き、夜は祈って眠る。』ただそれだけを神の前にいつわりなく実践していること。それだけのこと。生活の朝、生活の昼、生活の夜を、神の愛とともに豊かに、美しく、堂々と私のものとしただけのことであります」。このように、先生にとってのキリスト教は、単に頭脳の事柄でも、またこころの事柄ですらなく、実に行往座臥を規定する生活の事柄でした。

　先生の教育理念は、3つの大きな支柱から構成されていたように思います。

　まず第1は、《霊育》ということです。先生は霊性の啓発こそ教育の最重要課題とされ、聖書に基づく宗教教育を幼稚園から、（調理師専門学校を含めて）大学にいたるまでの、すべての教育の根幹に据えられました。「日本の教育は知育、徳育、体育の三原則に則っていますが、このような原則にのみ立脚する教育の何とうつろなことでしょう。日本に欠けている教育は霊育であり、これを加えた四原則の中でこそ人間が創られていくものであります」ということばは、このことをよく示しています。

　第2は、《個性教育》ということです。「教育の深遠なることは秀才を育てることにあらずして、この天与の才能、その子のかくされている部分を引き出したときのそのよろこび、まさに勝利の快感というべきものであります」と述べておられるように、先生は学生一人ひとりの個性を重んじられました。その際、先生は、私学がこの個性教育に特別の使命をもっていることを強調されました。「私学人は実に萩の葉、その一枚、一枚、その花の一つずつに露を帯び、その露の一滴毎に月光を宿す様を見て、そこに神

の心情と恩恵が人間一人一人の心にすべて宿ることを思うようで
なければなりません」。このことばは、先生の教育理想の心髄と
もいうべきものを含んでいると言えましょう。

　第3は、《生活教育》ということです。岩手県の乳幼児の死亡
率の高さに思いをいたして栄養の問題に取り組まれたことが、栄
養研究所の開設となり、それはやがて「生活を通して円満なる人
格の滋養に努め、一人ひとりの生活を正しくする」ことを主眼と
する、生活学園の創設へと発展したのです。先生はつねに「生活
即教育」、「教育即生活」をモットーとしておられましたが、生活
と教育が乖離した状態の今日のわが国にあって、生活に根差しつ
つ生活を目指す、この先生の教育理念は、今後ますます注目され
て然るべきであると思います。

　最後になりますが、先生は亡くなられる少し前に次のような句
を草されました。「たった一度の人生を／小さく咲かん／神をた
たえて／泰子」。わたし流にこれを解釈すれば、先生はご自分の
人生の最後の頁に、バッハの有名なSDG、つまり「ソリ・デ
オ・グロリア」（Soli Deo gloria）を記されたのです。しかし神
を讃美しながら小さく咲こうとした先生の一生が、かえって東北
の原野にかつてない大輪の花を咲かせる一生となったところに、
キリスト教信仰の秘義を見る思いがいたします。そしてこの逆説
こそ、先生がわたしたちに身をもってお教え下さった、偉大な信
仰的・教育的遺産であると思うのです。

1991年9月、『細川泰子先生追悼集』125-129頁

細川泰子先生から頂戴した自筆の色紙

7. A Self-made Man 森本正夫理事長

　森本正夫理事長のかつてのゼミ生を中心に結成された組織の会報である『謝学』第15号の発行にあたり、北海学園大学の教職員を代表して、ひとことお慶びを申し上げます。

　何よりもまず、「謝学」という会報名に深い感銘を覚えます。平ったく解すれば、これは「学恩に感謝」ということでしょうか。学恩といえば、第一義的には恩師に対する感謝を意味するでしょう。しかしそれに尽きず、前号の堂徳先生の弁を引けば、「学舎や学修への感謝」も意味するでしょう。あるいは端的に「学ぶこと」「学べること」への感謝とも解せましょう。

　平和と繁栄が当たり前になっている世代には理解しがたいかも

しれませんが、嘗ては貧困や戦争などの外的要因によって、学び
たくても学べない時代がありました。大正6（1917）年生まれの
わたしの父は、実家が貧しかったので、尋常高等小学校高等科を
出ると、16歳で海軍に入隊しました。小学校の校長先生が、「学
費は自分が支払うから是非この優秀な子を中学校に進学させて欲
しい」と、わざわざ言いに来られたそうですが、祖父は「他人様
の世話にはならぬ」といって、その善意の申し出を謝絶したそう
です。

　幼いころ母からよくこの話を聴かされました。そのせいか、父
の分まで学ぼうという気持ちが強くなり、日本で10年、アメリ
カとドイツで併せて5年、トータル15年もの長きにわたる大学
生活を送りました。しかし博士の学位を取得して凱旋帰国したわ
たしには、どこの大学にも非常勤の口すらありませんでした。そ
こでやむなく東京で2年半のサラリーマン生活を送りました。会
社勤めの経験は今から思えば非常に貴重でした。サラリーマンの
悲哀を味わった人は周囲の同僚にあまりいませんが、大学教員が
いかに特権的身分であるかをわたしは身をもって感じています。
早い話が、大学教師は春休み・夏休み・冬休みがあることを当た
り前に思っていますが、このような長い休みがあるのは学生だけ
で、社会人になると働き尽くめの毎日です。だからこそ「学ぶこ
と」「学べること」――大学教師にとっては、これは「研究する
こと」「研究できること」を意味します――に感謝しながら、わ
たしはこれまで精一杯研究してきました。

　さて、わたしは本学に着任後のある段階から、森本理事長に大
きな関心を抱き、理事長の書かれたものをいろいろ読み、新年恒
例会や辞令交付式でのスピーチなどにも注意を払ってきました。
また学部長として同席した新任教員の理事長面談のお話にも感銘

を受けました。その結果として、今日の北海学園全体の発展は、圧倒的に理事長の卓越した人間性と指導力に起因するものだとの結論に至っています。

　わたしがこれまで京都・ナッシュビル・ゲッティンゲンで師事してきた先生たちと比べると、森本理事長は全く異質な学者であり教育者です。一番の違いは、北海道開拓の精神を体現するa self-made man としての魅力です。その体躯が物語っているように、森本先生は都会的ハイセンスな教養人とは対照的な、素朴かつ逞しい活力を身につけた心温かい教育者です。もちろん怖い一面もお持ちでしょうが、そういう一面がなければこれだけ長い間理事長としてやってこれなかったことでしょう。

　A self-made man といえば、わたしはすぐにナッシュビル（ハーミタージュ）でその足跡を偲んだアンドルー・ジャクソン（第7代大統領）や、丸太小屋育ちのリンカーン（第16代大統領）を思い起こしますが、似たような意味において、森本先生は北海道開拓の名残を今に伝える稀有な a self-made man だと思うのです。森本ゼミの皆さま方は、是非その貴重な精神的遺産を継承しながら、後世にその伝統を伝えていってください。不肖ながらわたしも、北の大地に憧れた「夢追い人」として、その系譜に連なる「番外の弟子」になりたいと念じている次第です。

2018 年 3 月、『謝学』第 15 号、2 頁

追記 1

　昨日の早朝、森本正夫理事長がこの世を去られた。わたしのなかに多少の予感はあったものの、逝去の一報を耳にしたとき、脳天を不意打ちされたような激しい内的動揺を覚えた。せめて秋口くらいまではもって欲しいと願っていたし、おそらくそれも可能

であろうと思っていたからである。

　わたしが本学に着任した当時、森本理事長はすでに古稀をすぎ、教員たちの間でＸデーなるものがささやかれ始めていたが、あれから足掛け18年、理事長はまさに不死身のごとくにその地位にとどまり、理事長としての大役を果たしてこられた。わたしは森本理事長のもとで、それまで4年2カ月の間、配下の北海学園大学の学長を務めてきた。親子ほどの年齢の開きがあったので、対等の立場で話すことはほとんどなかったが、理事長は厳父のようにではなく、つねに慈父のように接してくださった。そして北海学園での歩みが比較的浅いわたしに、大昔の話を何度も聞かせてくださったが、わたしはそのつど生き証人によって語られる学園のオーラルヒストリーに真剣に耳を傾けた。

　わたしはかつて森本理事長のことを a self-made man だと評した。その際、a self-made man の典型として、西部出身の初の大統領アンドルー・ジャクソンと、第16代大統領のリンカーンを引き合いに出した。「リンカーンは自分で建てた丸太小屋で生まれた」という笑い話があるが、丸太小屋育ちであるということは、徳性の象徴であるとともに庶民性の象徴となり、東部の上流家庭出身の政治家たちとは一味異なる、純朴な人間的魅力を言い表している。わたしにとって森本理事長は、そういう趣を感じさせる稀有の人であった。

　さて、ベルリン大学の初代総長のフィヒテ（Johann Gottlieb Fichte, 1762-1814）が、チフスに感染して50歳そこそこで急逝したことを回顧して、衣鉢を継ぐ哲学者のトレンデレンブルク（Friedrich Adolf Trendelenburg, 1802-72）は、「一本のドイツのとうひの木（Eine deutsche Fichte）が、がっしりとしてギザギザの葉をつけたまま、力強い血気盛んな時期に倒れてし

まった。しかしそれは解放されたドイツの大地の上に倒れた」、という名言を残した。わたしは真逆の状況ながら、森本理事長の逝去の報に接して、なぜかこの言葉を思い起こした。森本理事長は90歳を目前にしてなおあの立派な体躯のまま、老木倒れるがごとくに北の大地の上に斃れられた。森林のなかの年輪を重ねた倒木から、やがて新しい命が息吹いてくるように、先生が開墾された原野にいずれ大輪の花が咲くことであろう。わが北海学園がこれからどのような発展を遂げるにせよ、森本理事長の比類なき功績は、不朽のものとして語り継がれていくだろう。不肖わたしもその志を引き継いで、学園発展のために挺身したいと念ずる次第である。合掌

2021年6月2日記す

追記2

　新理事長の初仕事として、「故森本正夫先生お別れの会」を昨日無事終えることができた。斎場の正面に大きく飾られた遺影を見上げ、またコロナ禍のなか足を運ばれた数多くの参列者を拝見しながら、森本前理事長の偉大さをあらためて実感した。わたしが接してきたのは過去18年間の（ということは、まさに最晩年の）、いわば好好爺となられた森本理事長のお姿であった。しかしご令室やご子息・ご令嬢のご家族の方々にお目にかかったり、また東京からわざわざ駆けつけてくださった日本私立大学協会事務局長の小出秀文氏から、若き日の回顧話を直々に承ったりして、自分のなかでより深みのある、立体的・多面的な人物像が形づくられた。

　それと同時に、森本先生のあとを受けて理事長職を務めることの大変さを再認識した。ひとにはそれぞれ個性と特質があり、わ

たしが偉大な前任者と同じ働きをすることはもとよりできない相談である。しかし強いリーダーシップを発揮しながらも、周囲から愛され信頼される存在であり続けることは、わたし自身が見習うべき一番の課題であろう。偉大な self-made man の前任者から歴史的バトンを受け継いだ者として、北海学園をさらなる高みへと引き上げていくために、わたしなりに誠心誠意、粉骨砕身努めていかなければならない。「お別れの会」を終えて、そう決意した次第である。

2021 年 7 月 11 日記す

IV. 大学への抱負

1. universitas semper reformanda（つねに改革されるべき大学）

　大学を取り巻く環境は今日ますます厳しくなっています。本年の新年交礼会でも、森本正夫理事長は開口一番そう申されました。おそらくこれはすべての教職員が共有している感覚ではないでしょうか。しかしそれが危機感にまで深まっていないところに、本学の危機が潜んでいるように思います。現在わが国の大学を襲っている荒波は、①グローバル化、②ユニバーサル化、③少子化、④アカデミック・キャピタリズムに大別できるでしょう。最後に挙げたものは、新自由主義的な市場原理が大学を急襲・席捲していることを言い表わしています。これは①の裏面という側面もありますが、いまや学問研究の府たる大学でも、功利性と実益性が幅を利かせています。昨今の人文社会科学不要論などはそこから養分を得ています。

　それでは、われわれはどこに大学改革の足場（拠り所）を見出すべきでしょうか。私学の立ち返るべき原点は、いつの時代も寄付行為に明記された建学の精神です。本学のスクールモットーは云わずと知れた「開拓者精神」です。しかしこの建学の精神はわれわれの大学の教育・研究実践のどこに脈打っているでしょうか？　地下鉄の階段の壁面に掲げられた "Catch the World, Catch the Future" という耳目をとらえる標語は、いまや空疎なフレーズと化していないでしょうか？　文部科学省が掲げる「グローバル人材の養成」は、本来、わが北海学園大学のキャッチフレーズであるべきですが、それとは程遠い現実が支配していないでしょうか？　創基70年を目前に控えたいま、われわれは自分たちの大学が目指すべき方向性を教職員全員で再確認し、力

を合わせて理想の実現に努力しようではありませんか。

　奇しくも本年は、ルターの宗教改革500年という記念すべき年です。宗教改革に由来するプロテスタント教会は、ecclesia semper reformanda（つねに改革されるべき教会／教会はつねに改革されるべきである）を標語として掲げていますが、中世西欧に起源を有する大学という制度も、時代の進展のなかで絶えず改革を積み重ねて命脈を保ってきました。フンボルトの改革が機能不全に陥っていた古い制度に新しい息吹を吹き込んだことはつとに有名です。わたしもその意味において、以前から universitas semper reformanda（つねに改革されるべき大学／大学はつねに改革されるべきである）を自らの信条としてきました。人文学部長時代に大規模なカリキュラム改革を提唱・推進したのも、実はこのような大学人としての信念からでした。

　われわれは先人の歩みに最大限の敬意を払わなければなりません。しかし伝統を墨守するだけの態度では、かえって健全な成長と発展を阻害するものです。伝統はマナのようなもので（「出エジプト記」16：19-20）、人間の手に留めようとした途端に台無しになる運命にあります。肝心なことは、その都度の要請に応えるべく絶えず伝統を見直し変革することです。

　本学の学長に求められている一番大事な要件は、伝統を継承しつつ将来を切り拓いていく勇気と決断力だと信じてやみません。67年の北海学園大学の歴史に照らせば、「月足らずで生まれたようなわたし」（「第一コリント」15：8）ではありますが、より良き大学建設のために先頭に立って全力で奉仕する所存です。

2017年2月、学長候補選挙所信表明

2. AIM HIGH（望みを高く持つ）

　新入生の皆さん、北海学園大学への入学おめでとうございます。大学を代表して心よりお祝いを申し上げます。ご父母の方々、ご来賓の方々、および森本理事長をはじめとする本学関係者の方々のご臨席のもとで、このような盛大な入学式を執り行うことができますことを、嬉しく存ずる次第です。

　入学式にあたり、これから皆さんが4年間の学生生活を過ごす北海学園大学について、まず大まかな沿革を申し上げます。北海学園大学は、戦後の復興が軌道に乗り出した1950（昭和25）年に産声を上げた北海短期大学を前身として、その2年後の1952（昭和27）年に創立されました。ですから短期大学の誕生から数えると、今年で創基六十七年になりますが、しかしその母胎である学校法人北海学園の歴史を繙けば、その礎石は今を遡ること132年前の1885（明治18）年に据えられたことがわかります。すなわち、北海道開拓のための人材育成を目的に、この年に創設された「北海英語学校」がそもそもの原点です。北海学園大学の建学の精神が自由と自立の「開拓者精神」であるのは、このような背景があるからです。

　北海学園がいかに由緒ある学園であるかは、他の有名私立大学と比較してみれば一目瞭然です。慶應義塾大学は1858年開塾の「蘭学塾」にまで遡りますので別格ですが、これを別にすれば、同志社大学の前身の「同志社英学校」は1875年設立、明治大学の前身の「明治法律学校」は1881年設立、早稲田大学の前身の「東京専門学校」は1882年設立、中央大学の前身の「英吉利法律学校」は1885年設立、立命館大学の前身の「私立京都法政学校」は1900年設立ですので、これらの有名私立大学と比べても、わ

が学園は遜色のない古さを誇っています。ちなみに、北海学園大学と毎年定期戦を行っている東北地方の私大の雄である東北学院大学は、1886年に開設された「仙台神学校」に淵源しますので、われわれの学園の方が1年早く誕生していることがわかります。

　しかし学園としてこのような古い歴史をもちながら、大学そのものの設立において本州の諸大学に大きな後れを取ってしまったのは、何と言っても北海道の辺境性に起因する特殊な困難があったからです。とくに津軽海峡によって本州と隔てられた最果ての外地、冬場の厳しい気象環境、経済基盤の脆弱さ、人材確保の難しさなど、幾つもの要因を列挙することができます。にもかかわらず、本学園の先人たちは幾多の困難を乗り越えて、1952（昭和27）年についに4年制大学の設立にまで漕ぎつけたのです。先人たちのかかる苦労と努力の結晶として、今日の北海学園大学があることを、まずしっかりと肝に銘じて頂きたいと思います。

　現在、わが北海学園大学には、経済学部、経営学部、法学部、人文学部、工学部の5つの学部があり、その上には5つの大学院研究科と、さらに専門職法科大学院法務研究科があります。3月末現在で、在学生約8300名、卒業生8万3044名を数えますので、名実ともに北海道最大の私立総合大学として、その地位は揺るぎないものになっています。けれども、われわれはこれに甘んじることはできません。なぜなら、これはあくまでも北海道内部での話であって、日本全体にまで視野を広げると、われわれはいまだに後塵を拝する立場にあるからです。はるか前方を走っている本州の有力な大学にいかに追いつくか、これはわれわれに課せられた大きな課題であります。しかしわれわれに希望とチャンスがないわけではありません。「先の者はあとになり、あとの者は先になる」（マタイ19：30）というのは、歴史が実証する意味深

長なパラドクスだからです。

　さて、現代の大学は世界的に未曽有の諸問題に直面しています。とりわけわが国の大学に重くのしかかっている難題にグローバル化の問題があります。皆さんのなかには、北海学園大学はローカルな大学だからグローバル化とは無縁だ、と思っている人がいるかもしれません。しかしグローバル化は、地球上のあらゆる地域とそこに暮らす人々に影響を及ぼしており、大学もその例外ではあり得ません。グローバル化の大波のなかで、いかに自らの立ち位置と方向性を定めるかは、すべての大学にとって喫緊の要事なのです。けれども、その際に忘れてはならないことは、グローバル化はかえって地域の特殊性を際立たせるということです。皆さんはグローカル化（glocalization）という言葉をご存知でしょうか。これは全世界を巻き込んで進行中の「世界普遍化」（globalization）と、地域の特色や特性を考慮していく「地域限定化」（localization）の２つを掛け合わせた混成語です。グローバル（地球規模の・世界的）とローカル（地域的）は対蹠的な概念でありながらも、グローバル化に適切に対処するためには、かえって地域にしっかり根差すことが重要なのです。近年、「グローバル人材の育成」という言葉をよく耳にしますが、しかし「グローバル人材」とは、単に英語のコミュニケーション能力に長けた人のことではありません。それは自らが立脚する国や地域の言語・文化・歴史の特殊性を深く理解しつつ、異文化や多文化に開かれており、国際的に通用する言語でコミュニケートできる人のことです。言い換えると、現代の「リングア・フランカ」（国際共通語）としての英語を駆使しつつ、ローカルな知見とグローバルなマインドを有効的に結び合わせて仕事のできる人のことです。

　北海学園大学は今後そういう意味でのグローバル人材、すなわちグローカル人材の育成に力を尽くす所存です。北海道という地方に限定した人材の育成の時代は、もはや過去のものだと言わざるを得ません。将来世界の舞台で活躍したい人は勿論のこと、どんなローカルな職場で働くにせよ、「地球規模で考える」ことは現代人の必須事項なのです。しばしば“Think globally, act locally”、つまり「地球規模で考えながら、自分の地域で活動する」と言われるゆえんです。ですから、在学中に「地球規模で考える」知的訓練に大いに励み、グローバルな思考を身につけた有為な人材として、地域社会にあるいは国際社会に羽ばたいていかれることを期待する次第です。

　そこで、皆さんが貴重な学生生活を漫然と過ごさないために、1つの言葉をここに贈ります。それは“aim high”という言葉です。この言葉は「望みを高く持つ」「目標を高いところに置く」「狙いが高い」というほどの意味です。わたしは今から 37 年前、アメリカ留学中にこの言葉と出会い、爾来これを座右の銘にしてきました。そしてたといわが身は周辺的な場所にあろうとも、つねに広い世界を意識し、学問研究の目当てを世界水準に設定してきました。ちなみに、“aim high”は US. Air Force（米国空軍）のモットーにもなっています。それは空高く飛翔する空軍にうってつけの標語かもしれませんが、しかしこの言葉には本来的には軍事的意味合いは含まれていません。

　日本語の「高望みする」という表現は、自分の能力や身分以上のことを望むことを意味し、否定的なニュアンスをもっていますが、“aim high”はそれとは違います。「高望みする」は“aim too high”です。たしかに身の丈を超えた望みを抱くとひどい目にあうのが世の常ですが、皆さんのような前途ある若者は“aim low" ではなく、やはり "aim high" でなければなりません。学業においても高い志、崇高な目標のないところに、真に立派な成果は期待できないからです。望みを高く持てば持つほど、それだけ克服すべき障害や困難は増えるでしょう。しかし望みを高く持ってこそ幾多の困難にも打ち勝つことができるのです。"aim high" はクラーク博士の「少年よ、大志を抱け」（"Boys, be ambitious"）にも通じます。それはまたスクール・モットーたる「開拓者精神」にも通じるものです。

　皆さんは本日の入学式をもって北海学園大学の学生となりました。混迷を深めるこの時代に、北海道の大地から「開拓者精神」の松明を、赤々と全国・全世界に向けて高く掲げようではありませんか。"Aim high!" 皆さんひとり一人が「望みを高く持って」、充実した学生生活を送られることを願って、入学式の式辞といたします。

2017 年 4 月 2 日、入学式式辞

3. 「真実なき時代」を糺す人に！

　柔らかな春の陽光がさす今日のこの佳きに日に、御父母の皆さまはじめ、ご来賓の方々、森本正夫北海学園理事長、秋山秀司北海高等学校校長、大西修夫北海学園札幌高等学校校長をはじめとする、本学関係者の方々のご臨席のもとで、このような盛大な卒業式を執り行うことができますことを、心より嬉しく存ずる次第です。

　「平成」という時代も今年で終わり、この 5 月からいよいよ新しい元号に代わります。ですから、皆さんは平成最後の卒業生ということになります。平成の時代は 1989 年に始まりましたが、

世界史的に見れば、フランス革命勃発からちょうど 200 年目にあたるこの年に、東西の冷戦構造を象徴するベルリンの壁が崩壊しました。また中国の民主化運動が武力で鎮圧された天安門事件もこの年に起こりました。

　それ以後 30 年間、つまり平成の時代に、世相は大きく変わりました。良くなったこともありますが、むしろ悪くなったことも沢山あります。「失われた 30 年間」という言い方もあるようですが、わたしは今の時代を「真実なき時代」と捉えています。かつて「真実」ということは、またそれに関連して「正直」ということは、人間にとって最高の価値（美徳）と見なされていました。昔の人々は「天知る、地知る、我知る、子知る」とか「天網恢恢疎にして漏らさず」という言葉に襟を正しました。誰も知らないだろうと思っていても、天地の神々は知っている。悪事は必ず露見して、いずれその報いをわが身に受けると言われると、身のすくむ思いがしたものです。しかしひとはもはや真実や正直にそれほどの価値を見出しません。価値の相対化が極度に進み、それまで規範的であった真理・善・正義などは、絶対的規範性を失ってしまいました。フェイクニュースなるものが、今の時代の風潮を端的に示しています。フェイクとは偽物、まがい物という意味です。本物と偽物の区別がつかず、たとい偽物であっても、自分にとって都合がよく、より強い影響力が期待できれば、平気でそれを利用するという、インターネット社会に特有な風潮が幅を利かせています。

　この風潮に関連して、ここ 2、3 年、「ポスト真実」なる言葉がマスコミに登場するようになりました。これは英語の post-truth に由来するものです。truth は「真理」「真実」、post は「〜のあと」という意味ですから、post-truth とは文字通りには

「真理・真実のあと」という意味になります。この言葉は 2016 年 6 月にイギリスで実施された EU からの離脱の是非を問う国民投票において、離脱派の主張のなかに「真実でない」ことが含まれていたにもかかわらず、その点こそが有権者にアピールする力をもったことから、「世論を形成する上で、客観的事実よりも感情や個人的信念に訴えることの方が、より大きな影響力をもっている環境の」（OED）という意味の形容詞となります。この「ポスト真実」（post-truth）の現実を、わたしは「真実なき時代」として表現したいと思います。この用法には類似の先例があります。

　アラスデア・マッキンタイア（Alasdair MacIntyre, 1929- ）の『美徳なき時代』という書物をご存知でしょうか。原題は *After Virtue* です。virtue は「徳」「美徳」と訳される言葉で、洋の東西を問わず古来人間社会において最も重要な精神的価値の総称です。マッキンタイアは 1982 年に、わたしが留学していたヴァンダービルト大学に着任してきました。わたしは大学のブックストアにうずたかく積まれたこの本の書名を見て、After Virtue とはどういう意味なのだろうかと、訝しく思った記憶があります。after virtue の after は、まさに post-truth の post と同義ですので、after virtue とは「ポスト美徳」（post-virtue）ということです。この書名には西洋社会で重きをなしてきた「徳」「美徳」の崩壊ということが暗示されているのです。しかし「ポスト美徳」という言葉は、当時としては違和感があったのか、邦訳書の訳者はこれを「美徳なき時代」と意訳しました。わたしが post-truth を「ポスト真実」ではなく、「真実なき時代」と言い表わすのは、これに倣っています。

　さて、現代はまさに「真実なき時代」です。米国の現大統領〔ドナルド・トランプ〕の破廉恥な言動は言うに及ばず、わが国でも加

計学園・森友問題や統計不正疑惑などに象徴されるように、総理大臣以下、閣僚、官僚もおしなべて劣化が押し進み、虚偽や不正や不真実がまかり通る世の中になっています。しかもその関係者のほとんどが一流大学出身者（官僚の多くは東京大学出身者）だということは、事態の深刻さを物語っています。昨今、「大学改革」がしきりに喧伝されますが、問題の所在は小手先の改革では矯正されない、より本質的な深部にあるように思えます。大学の腐食をいかに食い止めるべきか？　これは教員にとっても学生にとっても喫緊の課題です。「隗より始めよ」という言葉がありますが、わが北海学園大学はこの嘆かわしい時流を糺す、まさにトップランナーでありたいと念じています。

　真実とは、「あらゆる点から見て、それだけが偽ったり飾ったりしたところの無いそのものの本当のすがたであるととらえられる事柄（様子）」を意味しています。現代が「真実なき時代」だということは、このような真実を蔑ろにし、それを歪曲したり粉飾したりして、虚偽を真実や真理として押し通そうとする時代だということです。大学というところは、虚偽や不正や不真実とは真逆の、利害打算を離れた真理探究にいそしむところです。しかし皆さんがこれから足を踏み入れる現実の社会は、むしろ虚偽や不正や不真実がときにまかり通るところです。ですから、こういう社会にあって人間として誠実に正しく生きることは、決して容易なことではありません。「みんなで渡れば怖くない」という言葉があるように、われわれ日本人は集団のなかに個を埋没させて、個人の良心や責任感に蓋をして、集団的な不正行為に加担してしまう傾向がありますので、よほどしっかりしていないと足をすくわれます。

　かつてルース・ベネディクトは、ユダヤ・キリスト教的な欧米

社会を「罪の文化」、日本人のそれを「恥の文化」と規定しました。「罪の文化」がつねに神の目を意識するのに対して、「恥の文化」はとりわけ人間（世間）の目を気にするというのです。しかし現代の日本では、恥という美徳すらも怪しくなっています。今や「ポスト真実」だけでなく、そもそも「ポスト美徳」という言葉が成り立つほど、破廉恥な出来事が日常茶飯事です。皆さんどうかこういう社会あるいは時代を当たり前と思わないでください。破廉恥な行為を恥ずかしく思う純な心を絶対に失わないでください。しかしそのためには、真実と虚偽をハッキリと見分け、不正には絶対手を貸さない強い主体性と倫理観の確立が不可欠です。

　ご存知のように、北海学園大学のスクールモットーは「開拓者精神」です。北海道開拓の時代を思い返してみれば、北海道に入植した人々は、厳しい大自然を相手にしながら、言語に絶する労苦によって、今の北海道の基礎をつくり上げたのです。大自然の前では虚偽や不正は一切通用しません。真実かつ誠実な努力の積み重ねのみが、未曽有の大業を成し遂げたのです。ですから、「開拓者精神」を掲げる大学の卒業生として、皆さんはこの「真実なき時代」に迎合したり、その風潮に流されたりすることなく、むしろこのような時代を糺す人になっていただきたい。「開拓者精神」を身に付けた人とは、労苦を厭わず剛毅朴訥な真心のある人のことです。これが卒業式にあたり、学長として卒業生の皆さんに申し上げたいことです。これをもって学長式辞とさせていただきます。

2019 年 3 月 21 日、卒業式式辞

4. 「しまふくろう新書」の創刊に寄せて

　皆さまご承知のように、教職員各位の賛同を得て、今年度より本学に北海学園大学出版会（Hokkai-Gakuen University Press、略称 HGU Press）が設立されました。出版助成を受けたその第1号の刊行物として、F・W・グラーフ『真理の多形性─来日講演集』が3月下旬に刊行される運びとなっていますが、出版会としては本格的な学術書のほかに、次年度から教養書ないし啓蒙書としての「学園新書」（仮称）の刊行も視野に入れています。

　出版会の母体である北海学園大学は、経済・経営・法・人文・工学部の5つの学部からなる総合大学です。しかし総合大学が真の意味で総合大学であるためには、文系と理系の学部が単に複数設置されているというだけでは不十分です。それらの専門的に激しく分化した異なる学部・学科の根底に、共通の知的・学問的基盤が横たわっていて、大学全体の知的活動を統合する役目を果たす必要があります。

　大綱化以前のわが国の大学には、教養部あるいは教養課程というものがあって、専門課程で何を学ぶにせよ、その前段階に一般教養的科目が置かれていました。専門課程は「狭く・深く」掘り下げること目指しますが、それの前段階にまたその前提として、「広く・浅く」学ぶリベラル・アーツの学びの重要性は、今日各方面で再認識されています。けれども、リベラル・アーツ教育を専門教育にどう結びつけるかは、非常に困難な課題です。大学の機構や学制の大幅な改革を伴わざるをえないとなると尚更です。

　しかし現状においてできることがあります。例えば、各学部に属するそれぞれ異なった専門研究に従事する教員が、自分の専門

研究の成果の一端を、学部学生（他学部学生を含む）や他の教員
に向けて、さらには一般読者に向けて、わかり易く解説して示す
教養書・啓蒙書があれば、蛸壺的な知の陥穽や近視眼的な弊害
は、ある程度回避できると思います。

　わたしはそのように考えて、本学における総合知を醸成するた
めの一助として、北海学園大学独自の「学園新書」の創刊を提案
してきました。しかしこの名称では道外の人には通じないので、
ここに新たに「しまふくろう新書」という名称を提案いたします。

　「しまふくろう新書」という名称には、二重の意味が込められ
ています。

　ひとつの意味は、文字通り、北海道に生息する天然記念物「し
まふくろう」（学名 Ketupa blakistoni）に由来します。しまふ
くろうは、日本では北海道（しかも手つかずの自然が残っている

Mike Unwin・David Tipling.
EULEN (WBG, 2017), S. 168 より

場所）にのみ生息します。その表情には思慮深い哲人を思わせる威厳があり、古来アイヌの人たちは、この鳥を「コタン・コロ・カムイ」（村の守護神）と呼んで神聖視してきました。そこからわたしたちは、「北海道に根ざした知の飛翔」という意味をここに込めました。

　もう一つの意味は、ギリシア＝ローマ神話に由来します。ギリシア＝ローマ神話においてふくろうは、知恵の女神アテーナ（ローマ神話ではミネルヴァ）の聖鳥であって、知恵の象徴と見なされています。民話や童話においても、ふくろうは森林の長老や知恵袋の役回りとして登場します。

　「ミネルヴァのふくろうは、日の暮れ始めた夕暮れとともに、はじめてその飛翔を始める」（Die Eule der Minerva beginnt erst mit der einbrechenden Dämmerung ihren Flug）というヘーゲルの言辞（『法の哲学』の序文）はつとに有名です。わたしたちはこれにあやかって、混迷したこの薄暗い時代に、北の大地から新しい知識と学問の灯を携えて、雄々しく全世界に飛翔したいと願っています。

2020 年 2 月

5.　北海学園大学創基七十年を祝して

　わが北海学園大学は本年創基 70 年を迎えました。70 年といえば、人間では古稀に相当します。これは読んで字のごとく、唐の詩人杜甫の曲江詩中の「人生七十古来稀」に由来します。いまでは「人生百年」などと言われますので、70 歳は老年のまだ序の口程度のものです。ちなみに、昨年度の統計資料によれば、70歳以上の国民は 2715 万人いるそうで、これは総人口 1 億 2617 万

人の21.5パーセントを占めるということです。超高齢化社会といわれるゆえんです。

　ところで、70年以上の歴史をもつ大学は幾つあるでしょうか。現在わが国には国公私立合わせて792の大学があります。一番古いのが東京大学の前身の東京帝国大学で、創立は1877年です。その後、帝国大学や官立・公立・私立の大学が順次誕生して、太平洋戦争終結時には、合計48の大学（国立18校、公立2校、私立28校）が存在していました（ただし、外地を除く）。戦後その数は増えて、1952年までにさらに158の新たな大学が出現しました。本学はさしずめ207番目に生まれた大学ということになります。

　北海学園大学は正式には1952年に産声を上げました。しかし短期大学は2年前の1950年に設立されています。そしてその卒業生が4年制大学の誕生とともに3年生に編入学したので、1954年には第1回の卒業式を挙行しています。こうした事実に鑑みて、現在では1950年をもって本学の創基元年としているわけです。本年はそこから数えて70年目にあたります。本学の設立を1950年と見なせば、それ以前に存在していた大学は、合計188校ですので、その観点からは本学は189番目に誕生した大学であるという見方も可能です。北海道最古の私立大学とはいえ、これでは老舗大学とは呼べませんね。

　しかし別の角度から考察すると、それとはまったく違った景色が見えてきます。先ほど日本で一番古い大学は東京帝国大学だと申しましたが、実は北海道大学の前身である札幌農学校はその前年の1876年に、日本初の学士授与機関として設立されています。クラーク博士で有名なこの学校が、いかに由緒正しい教育機関であるかわかります。札幌農学校について若干補足しますと、

1907 年に東北帝国大学が 3 番目の帝国大学（2 番目は 1897 年創立の京都帝国大学）として設立された際に、札幌農学校はその一角を担う東北帝国大学農科大学となり、さらにそこから分離して、1918 年に 5 番目の帝国大学（4 番目は 1911 年創立の九州帝国大学）である北海道帝国大学が誕生しました。

　なぜ札幌農学校について記すかといえば、北海学園大学は札幌農学校と非常に深い縁（えにし）があるからです。学校法人北海学園は、1885 年に設立された北海英語学校を起源としていますが、この学校を設立したのは札幌農学校の 3 期生の大津和多理です。札幌農学校の 1 期生には北大初代の総長の佐藤昌介がいますし、2 期生には新渡戸稲造、内村鑑三、宮部金吾、廣井勇、町村金弥などがいます。3 期生の大津はこうした偉大な先輩たちから大きな感化を受けたはずです。つぎに北海中学校と札幌商業学校の校長を務めた戸津高知は、北海英語学校を経て札幌農学校に入学し、1898 年に第 16 期生として札幌農学校を卒業しています。さらに北海学園大学の初代の学長を務めた上原轍三郎は、1905 年に札幌農学校に入学しました。しかし途中で校名が東北帝国大学農科大学に改変されたため、1912 年に卒業したときには、東北帝国大学農科大学卒となっています。以上のことから、北海学園大学が札幌農学校と深い関係があることがわかると思います。

　ところで、学校法人北海学園が大津和多理の設立した北海英語学校に由来するということは、北海学園大学のルーツが 1885 年に遡るということです。その古さを例示するために申しますと、法政大学は 1880 年設立の東京法学社に、明治大学は 1881 年設立の明治法律学校に、早稲田大学は 1882 年設立の東京専門学校に、中央大学は 1885 年設立の英吉利法律学校に、日本大学は 1889 年設立の日本法律学校に由来しています。北海学園大学

は、少なくともそのルーツにおいては、東京の代表的な老舗大学と遜色がありません。本学の大学設立が、本州の有力な私立大学に大きく後れを取ったのは、あくまでも北海道の地理的辺境性と、その人的・経済的・社会的・自然環境的要因によるものです。

　本学の70年の歩みも決して平坦ではなかったはずです。創基元年の1950年は、終戦後5年経っていたとはいえ、復興というにはほど遠い現実があちこちにあり、しかも新たに朝鮮戦争が勃発した年でもありました。そういう状況下での大学の設立は、よほどの覚悟と使命感がなければできなかったことでしょう。また、たとい覚悟と使命感があったとしても、資金力、人材の確保、学生募集、施設の充実など、幾多の困難が横たわっていたに相違ありません。そうした創立当初の先人のご苦労は、『北海学園大学三十五年史小史』に詳しく記されています。今般刊行された『北海学園大学七十年記念誌』は、後半の35年間の軌跡を、写真や記録や証言などを駆使して生き生きと描き出しています。この2冊を併せ読むと、北海学園大学の70年の歩みが明確な輪郭をもって浮かび上がってきます。

　わたしは山陰の生まれで、本学に着任してわずか17年ほどですので、古い時代については承知していないことが沢山あります。しかし1952年生まれですので、時代的には大学の歴史と自分の人生がほぼ重なり合います。まだ貧しかった日本の50年代、64年の東京オリンピック開催と新幹線の開通、70年の大阪万博、60年代末から70年代後半まで全国に吹き荒れた学生運動などが、前半の35年間の主要な社会的トピックを形づくっています。後半の35年間は、まさにバブル景気から始まって今般の新型コロナウイルスの世界的流行までをカバーします。北海学園大学はこの間に飛躍的な発展・拡大を遂げましたが、目下大きな

転換期に差し掛かっています。

　問題は、いかなるビジョンを掲げて創基百年に向けて歩を進めるかです。将来の青写真を描いて全員でその夢を共有できるようにすることが、学長に課された課題だと考えています。コロナ以後の日本は、東京一極中心とは逆方向に振り子が振れ、とりわけ北海道の重要度が高まる時代になると思います。かかる時代に北海道の自然・歴史・文化に深く掉さしながら、アフターコロナの時代を逞しく生きる若者を育成していきたいと祈念しています。

2020 年 3 月『北海学園大学創基七十年記念誌』巻頭言

6. "Destination University" と 北海学園大学の将来

　2018 年 11 月 28 日から 12 月 2 日まで、カナダの協定校レスブリッジ大学のマイク・マーン学長の招待を受けて、レスブリッジ大学を表敬訪問しました。北海学園大学学長としては実に 23 年ぶりの訪問だったので、マーン学長以下多くの大学関係者に大歓迎されました。マーキン・ホール・アトリウムで開かれた学長主催のレセプションには、これまで交換教授として来学さられた多くの先生方も参加され、さながら北海学園大学の同窓会のような盛り上がでした。本学から交換教授としてレスブリッジ滞在中の赤石篤紀先生のご家族や、本学から留学中の学生も参加してくれました。

　マーン学長はアメリカのノースカロライナ大学チャペルヒル校で教育学の分野の博士号を取得された方で、円熟の域にさしかかった人格者としての風貌の方でした。わたしも似たような時期にアメリカ南部のヴァンダービルト大学で博士号を取得したこと

レスブリッジ大学のマイク・マーン学長とともに（2018年12月）

もあり、初対面ながら共通する部分もあって一気に打ち解けた次第です。レスブリッジ大学では当時、総工費2億9000万ドルの新館（Arts and Academic Building）が建設中であり、学長自身ですらまだ内部を見たことがないと仰ったこの建物（現在7割強完成）を、今回特別に内覧することが許されましたが、この事業（Destination Project）に象徴的に示されているように、マーン学長は"Destination University"という大学構想を前面に掲げておられます。わたしは学長室での昼食の席上、これについての質問をしてみました。するとマーン学長は、わが意を得たりと言わんばかりに、これについて懇切丁寧な説明をされました。

Destinationという語は、名詞としては「目的地」、「行先」、「到着地」などの意味を表すが、形容詞としては「わざわざ出かける価値のある（店［場所］での）」という意味ももっています。マーン学長によれば、自分が目指す大学を"Destination University"と名づけたのは、将来に対する明確な目的と勉学意欲をもって、世界各地から学生たちが集ってくる大学を夢見て、このような名称を掲げたとのことです。レスブリッジはアルバータ州の片田舎にありますが、学長は地元の学生しか入って来ないような地方大学ではなく、まさにカナダ全土からまた世界中から

学びにやって来るような、創造的で魅力的な国際的大学を目ざしておられることがわかりました。

　マーン学長から教えられたもう一つのことは、レスブリッジ大学も北海学園大学と似たような歴史的背景ないし立地条件をもっていることです。レスブリッジ大学は先住民のブラックフット族が住んでいた地域に設立されており、実際、現チャンセラー（名誉総長）のチャールズ・ウィーゼルヘッド氏は、この部族の出身の方です。自分たちの先祖がかつて侵略・迫害した先住民の末裔をトップに戴くレスブリッジ大学の賢慮と心遣いに、わたしたちも学ぶべき大切なことがあります。

　最初の訪問の1年後、2019年12月4日から9日にかけて、わたしはダブル・ディグリー・プログラムの協定を結ぶために、レスブリッジ大学に再度赴きました。前述のArts and Academic Buildingはすでに完成しており、前年に交換教授として本学に来られたポール・ヘイズ教授が、すべてのフロアー──とりわけ自らが設計にも関与した最先端の機能を備えた化学実験室──を誇らしげに案内してくださいました。その翌日に執り行われた調印式の際に、わたしはチャンセラーのウィーゼルヘッド氏にはじめてお会いしました。とても大柄で威厳を備えた風貌の方でした。昼食をともにし暫しの

チャンセラーのチャールズ・ウィーゼルヘッド氏とともに（2019年12月）

会話を楽しみましたが、アメリカの大学に留学経験のある自分に
とっても、先住民の方との身近な交流は初めてのことで、とても
貴重な体験となりました。

　あらためて考えてみれば、わが北海学園大学もかつて先住民族
のアイヌの人々が暮らしていた蝦夷地に誕生した大学です。わた
したちは常日頃、本学の建学の精神は「開拓者精神」であると喧
伝しています。それは学校法人北海学園が、北海道開拓の主体と
なる若者の育成を主眼とした北海英語学校に由来しているからで
す。

　しかし明治期の北海道開拓は──北米大陸の西部開拓と同
様──、先住民族に対する侵略・駆逐という負の側面をもって
いることを忘れてはなりません。白老町にアイヌ文化を復興・発
展させるための国立施設として、「民族共生象徴空間」を意味す
るウポポイがオープンした今、わが大学も単に「開拓者精神」を
称揚するのではなく、負の歴史に対する深い反省と現今の時代の
要請とに立った、「開拓者精神」の捉え直しが必要ではないで
しょうか。アイヌ文化が共生に開かれた「謙遜のセンス」（a
sense of humility）を体現していたとすれば、わたしたちが掲
げる21世紀の「開拓者精神」も、「謙遜のセンス」を内に取り込
んだものでなければならないと考えます。

　わたしは一つのヒントをドラマ「北の国から」のなかに見出し
ます。「自然から頂戴しろ。そして謙虚に、つつましく生きろ」
という黒板五郎の純と蛍への遺言は、本学が目指すべき方向性に
示唆を与えてくれます。自然と大地から受ける恵みに感謝しつ
つ、どんな困難にも立ち向かうしなやかで強靭な精神を身につけ
た人間の育成！　これこそ本学が目指すべき教育目標ではないで
しょうか。

　北の大地から新しい価値を創出することによって、21世紀の高等教育を切り拓く「パイオニア大学」（a pioneering university）となりうる可能性を、本学は豊かに蔵していると思います。わたしは北海学園大学をそのような方向に発展させていきたいと考えています。

2020年7月　ウポポイのオープニングをうけて

7. モバイルな形態の新しい学びの模索

　今般の新型コロナ感染症の拡大によって、目下世界中の大学が未曽有の危機に瀕している。これまで当たり前と考えられてきた教室での対面授業が、従来のようなやり方ではできなくなったからである。

　北海道で最古・最大の総合私立大学である北海学園大学には、現在約8300名の学生が昼夜にわたって学んでいる。1学期は感染リスクを避けるために、まずはオンライン授業に限ってスタートし、6月中旬以降、ソーシャルディスタンスを確保できる人数（教室収容人数のほぼ1/3以下）に制限して、対面授業を実施した。2学期はほぼ7割を対面授業にし、主に大講義室での残りの3割をオンライン授業としている。これまでのところ比較的順調に推移してきたが、10月以降（とりわけ11月になって）、学外で感染したり濃厚接触者になったりするケースが増えてきている。学生は教室で授業を受けるだけでなく、食堂で食事したり雑談を楽しんだりし、学内外の施設で課外活動に勤しみ、また多くの者がアルバイトに従事している。それゆえ、学外でウイルスに感染して、学内でそれを広めるリスクはかなり高く、それを食い止める唯一の手立ては、すべての授業をオンラインに切り替え、

163

キャンパスへの立ち入りを禁止するしかない。だがそれでは学生の満足は得られないどころか、大学としての存立意義そのものが問われざるをえない。授業料を減額せよとの要求は、当然出てくるであろう。

　いずれにせよ、全面的な対面授業に復帰できるまでには、まだ数年を要する見込みである。それゆえ、当面は対面授業とオンライン授業を適度に混ぜ合わせた、いわゆるハイブリッドの授業形態しか選択肢がない。だが、これは必ずしも緊急避難的措置とのみ考えるべきではない。むしろ教師が十全な準備をして臨んだオンライン授業が、従来とは比べものにならない学習効果を生み出しているケースもある。オンライン授業の場合、学生はただ受け身的に受講することはできず、画面上の教師とより近距離で個別的に対面し、毎回それなりのレスポンスを求められるからである。

　従来、わが国の大学の授業では、学生は何の予習もせずに教室にやってきて、教師が講壇で語る内容をただ受け身的にノートに書きとる、というスタイルが一般的であった。教師が学生の前で「読んで聞かす」（vorlesen）というこの授業形式は、とりわけ帝国大学のモデルとなったドイツの大学に由来するものである。「講義」のことをドイツ語で Vorlesung というのがその証拠である。しかし少なくともわたしが経験した限りでは、アメリカの大学にはこの手の授業はほとんど存在しない。教師によるレクチャーはあっても、せいぜい授業時間の 1/3 くらいで、あとは教師と学生の間での質疑応答か、学生間のディスカッションになる。わたしもかつてこの形式の授業を試したことがあるが、残念ながらうまくいかなかった。その一番の理由は、事前学習を前提とした授業の仕組みになっていないからである。ちなみに、アメリカの大学のシラバスには、毎回の授業のテーマやトピックだけ

でなく、必ずリーディング・アサインメントが明記してある。学生は指定された文献に事前に目を通し、一定の予備知識と自分なりの意見をもって授業に参加しなければならない。わが国の大学も今般のコロナ禍を転じて、予習を前提とした双方向のコミュニカティブな授業に切り替えるべきである。

　ところで、そもそもの成り立ちを考えると、大学の講義は必ずしも校舎や施設に固定されてはいなかった。西欧中世に産声を上げた大学は、固有の建物をもっていなかったので、自由に移動できる、いわばモバイルだったのである。大学は、教えるべき学識を有する教師と、学ぼうとする意欲をもつ学生が存在するところに誕生したのであり、第一義的には、「『教える』ないし『学ぶ』というコミュニケーション行為の場」（吉見俊哉）なのである。この点に立ち返るとすれば、この With コロナの時代に、われわれは教室や施設に必ずしも拘泥しない、モバイルな形態の新しい学びを模索すべきではなかろうか。

2020 年 11 月 13 日『全私学新聞』第 1 面「論壇」
（原題は「With コロナ時代の学びについて」）

8.　アフターコロナの大学についての提言

　コロナ感染症の拡大に歯止めがかからない現段階では、アフターコロナではなくウィズコロナの大学について語るべきかもしれない。しかしあえて感染が収束したあとの大学のあり方を問うのは、緊急避難的な対処療法的方策とは異なる、新しい授業のあり方を見つめ直したいからである。

　今般の新型コロナ感染症の世界的拡大は、西欧中世以来続いてきた大学のあり方を根本的に問い質す機会を与えている。なぜな

ら、大学がクラスターの発生源となるリスクを避けるために、世界中のほぼすべての大学において、これまでのような校舎や施設に固定された対面授業を、全面的あるいは部分的に中止して、オンラインの遠隔授業に切り替えざるをえなくなっているからである。わが国でも現今のコロナ禍のなかで、オンライン授業はさしあたり緊急避難的措置として認可されている。しかしこれを一時的な措置と見なすだけでよいであろうか。

　北海学園大学は、学校法人そのものは135年の、そして4年制大学としては70年の歴史を有する、北海道の最古・最大の私立総合大学である。経済、経営、法、人文、工の5学部を擁し、その上には6つの大学院研究科（修士・博士課程）が開設されていて、現在、1部・2部併せて約8300名の学生が学んでいる。令和2年度の1学期は、感染リスクを避けるために、4月からオンライン授業に限ってスタートし、6月中旬以降、ソーシャルディスタンスを確保できる人数に制限して、対面授業も実施した。2学期は7割強を対面授業にし、残り3割弱をオンライン授業にしている。幸い、サークル活動やアルバイト先での感染者（12月15日現在で35名の陽性者）を除けば、教室内での感染者は1名も出ていない。それだけ徹底したリスク管理をしているからでもあるが、しかし少しでも管理の手を緩めれば、感染状況が全国でも有数の北海道・札幌にあっては、学内での感染が一気に広まり、大学閉鎖に追い込まれかねない。そのような危険性と隣り合わせの日々が続いている。

　ところで、コロナ禍でやむなく実施されたオンライン授業は、教師の側にも学生の側にも新たな気づきをもたらしている。従来わが国の大学では、語学の授業や演習を除いて、学生は何の予習もせずに授業に出席して、講壇で語られる内容をただ受け身的に

ノートに書きとる、というスタイルが一般的であった。しかしオンライン授業では、学生は画面上とはいえ近距離で語りかけてくる教師と正面から向き合い、毎回求められる課題をこまめにこなさなければならない。教師も遠隔地にいる学生に、あたかも目の前にいるかのごとくに語りかけ、学生の関心を惹きつける授業に腐心しなければならない。要するに、オンライン授業は教師と学生の双方に真剣なインタラクションを要求するのである。

　教師が学生に「読んで聞かす」（vorlesen）という形式のドイツ流の「講義」（Vorlesung）を除けば、欧米の大学には専ら受身的な授業はほとんど存在しない。欧米の大学の授業は、いわゆるアクティブ・ラーニングが支配的である。すなわち、「課題の発見と解決に向けて主体的・協働的に学ぶ学習」に重きが置かれ、レクチャーに加えて、グループ・ディスカッション、ディベート、グループ・ワークなどが適切に組み合わされている。学生はシラバスに明記されたリーディング・アサインメントを事前にこなし、一定の予備知識と意見をもって授業に臨む必要がある。

　コロナ禍でのオンライン授業を経験したわが国の大学も、大学が第一義的に「『教える』ないし『学ぶ』というコミュニケーション行為の場」（吉見俊哉）であることを再認識して、予習を大前提としたコミュニカティブな授業に切り替えるべきである。最新の ICT を活用したハイブリッドなインタラクティブな授業をどう構築するかが、アフターコロナの大学の成否を決する、といっても過言ではなかろう。

2021 年 3 月私立大学情報教育協会『大学教育と情報』
（2020 年度 No.2）巻頭言

9. 「ありふれたもの」

　日ざしが春のおとずれを告げる弥生のこの佳き日に、本学を巣立っていかれる卒業生・修了生の皆さま、ご卒業まことにおめでとうございます。新型コロナウイルス感染症の拡大のため、昨年度の卒業式はやむなく中止にせざるを得ませんでしたが、本年度はこのような変則的な仕方ではありますが、ここに卒業式を挙行できますことをとても嬉しく思います。卒業証書・学位記授与式は、新しいスタートにつながる一つのゴールであります。ここに至るまでにはさまざまなご苦労があったことと思います。しかし困難を乗り越えて無事ゴールインされたことは、まことに慶賀に堪えません。大学を代表して心からのお慶びを申し上げます。

　いまから 69 年前に北海学園大学は創設されましたが、初代の学長である上原轍三郎は、入学式にあたってホイットマン (Walt Whitman, 1819-92) の詩集『草の葉』 *Leaves of Grass* から、「開拓者よ、おお開拓者よ」 (Pioneers! O Pioneers!) を引用しつつ、北海学園大学のスクールモットーを「開拓者精神」 (Pioneer Spirit) と定めました。その同じ詩集のなかに、「ありふれたもの」 (The Commonplace) と題された詩があります。本日これを引証しながら、卒業される皆さんにはなむけの言葉を述べようと思います。

　　ありふれたものをわたしは歌う、
　　健康であるに金はかからぬ、気高くあるにも金はかからぬ、
　　節制をこそ、虚偽や、大食、淫欲はお断りだ、
　　晴れやかな大気をわたしは歌う、自由を、寛容を、
　　ありふれた昼と夜とを──ありふれた土と水とを、

君の農場、君の仕事、商売、職業、

そして万物を支える堅牢な地面さながら、それらのものを支えている民主的な知恵を。

ホイットマン『草の葉（下）』岩波文庫、1971 年、380 頁。

　ここで詠われている、大気も土も水も、昼と夜の交替もまた、きわめてありふれたものです。「ありふれた」と訳されたのは、"commonplace" という語です。これは通常「ごく普通の」「陳腐な」という意味合いをもつ言葉です。少し説明的にいえば、「頻繁に生起し、あるいは頻繁に見聞ないし経験されるので、特別なものとは見なされない」（happening often or often seen or experienced and so not considered to be special）という意味です。

　英語の "commonplace" は、ラテン語の "locus communis" の逐語訳です。それはさらにギリシア語の "koinos topos" に遡ります。いずれの古典語も、「共有／共通／一般／公共の場所」を意味します。そこから転じて、一般的に見うけられるので、独創性や新鮮味に欠け、特別な関心を引かない、つまり「ごく普通の」「陳腐な」という意味が生じたのです。

　さて、大気も土も水も太陽も、わたしたちの日常生活に欠かせない貴重なものではありますが、それらは誰にでも分け隔てなく普通に与えられているので、きわめてありふれたものです。しかしあの世界的経済学者の宇沢弘文（1928-2014）は、この「ありふれたもの」に特別な価値を見出し、これを大事にする経済理論の構築と実践に後半生を捧げました。

　ノーベル経済学賞に一番近かったといわれる宇沢は、アメリカのスタンフォード大学やシカゴ大学での最先端の研究生活を突然

打ち切って帰国し、その後はひたすら「《陰》の経済学」の理論家および実践家として歩みました。彼の活動を貫いていたのは、「社会的共通資本」という考えです。彼はそれを英語で "social overhead capital" と表現しましたが、ときには "social common capital" と表記されてもいます。いずれにせよ「社会的共通資本」とは、一つの国あるいは特定の地域に住むすべての人々が、豊かな社会的・文化的生活を持続的・安定的に維持することを可能にするような社会的装置を意味します。社会的共通資本と見なされるものは、たとい私有ないし私的管理が認められるとしても、社会全体にとって共通の財産として、社会的な基準に従って管理・運営されなければなりません。

　宇沢は社会的共通資本を、(1) 自然環境（大気、水、森林、河川、湖沼、海洋、湿地帯、土壌など）、(2) 社会的インフラストラクチャー（道路、交通機関、上下水道、電力・ガスなど）、(3) 制度資本（教育、医療、金融、司法、行政など）の3つに大別しています。宇沢によれば、これらのものはすべての人が共有すべきものであって、決して市場的基準によって支配されてはならないし、また官僚的基準によって管理されてもならない、というのです。これは新自由主義の経済理論とは真っ向から対立する考え方です。

　宇沢はシカゴ大学において、新自由主義者のフリードマン（Milton Friedman, 1912-2006）とよく論争したそうですが、後者が唱道した市場原理主義は、ここ数十年荒れ狂う「欲望の資本主義」という鬼子を産み落としました。宇沢は一貫してそれに反対し、大気などの自然環境は私益追求の対象としてはならず、むしろ大事なものは金銭に換算できない、と主張しました。フリードマンはノーベル賞を受賞し、宇沢はその栄誉に浴しませんでし

たが、後世の人々の判断は逆転するのではないでしょうか。

　実際、2015 年 9 月、国連サミットは SDGs（持続可能な開発目標）を採択しました。これはもとをただせば、宇沢が唱えた「社会的共通資本」の考えに淵源します。宇沢はすでに 70 年代中葉から、「社会的共通資本」の理論を世界に向けて発信し、地球環境、教育、医療、金融の問題などに対して警鐘を鳴らし続けてきました。わたしはたまたま宇沢の同郷人なので、彼に特別な尊崇の念を抱いていますが、彼が説いた「社会的共通資本」の考えは、若い人たちにもっと受け継がれなければなりません。

　19 世紀アメリカの詩人ホイットマンも、宇沢と共鳴し合うものを多くもっています。ここで取り上げた「ありふれたもの」という詩は、人類の共通の（common）生活の場（place）としての地球環境の問題に密接に関わります。富裕な現代人は贅沢な食事を楽しみ、健康維持のために高い会費を払ってフィットネスクラブの会員となったり、教養を身につけるためにカルチャーセンターに通ったりします。しかしホイットマンは、「健康であるに金はかからぬ、気高くあるにも金はかからぬ」、と喝破します。日々の生活において節制し、身体を動かして労働し、自由と寛容の精神を身につけ、民主的な知恵で処すれば、人間として気高く生きることができるというのです。

　コロナ禍での生活は楽ではありませんが、「平凡な日常」の有難味をかみしめながら、「ありふれたもの」を大事にして生きてください。これをもって、卒業生の皆さんへのはなむけの言葉といたします。

2021 年 3 月 20 日、卒業式式辞

10. 贈る言葉

　皆さんご卒業おめでとうございます。新型コロナウイルス感染症の拡大は一向に止みませんが、2020年度は曲がりなりにも卒業式を執り行うことができ、胸をなでおろした次第です。皆さんはすでに社会人としての第一歩を歩み出し、多少の緊張と不安を覚えながらも、夢と希望に満ちた新生活をお過ごしのことと思います。「明けない夜はない」と言われますように、パンデミックもいつかは収束するでしょうから、明るい将来を信じて頑張りましょう。

　卒業アルバムというものは、「卒業写真」（作詞・作曲：荒井由実）という曲にもあるように、皆さんの「青春そのもの」を切り取った貴重な青春の記念物です。十分に環境の整ったキャンパスではなかったと思いますし、とりわけ最後の1年間はコロナ禍に見舞われましたが、クラスメートや先生たちと過ごした4年間は、皆さんの人生の貴重な1ページを形づくっているはずです。嬉しいとき、悲しいとき、昔の仲間が恋しくなったとき、このアルバムを開いて大学時代を想い起してください。

　ご卒業のはなむけの言葉として、わたしは「ありふれたもの」と題する式辞を述べました。「平凡な日常」というものは、きわめて「ありふれたもの」ですが、わたしたちは失ってはじめてその価値に気づきました。コロナ禍での生活はストレスがたまりますが、「平凡な日常」を取り戻すために、謙虚に、そして慎ましく生きていきましょう。

　社会人としての生活に少し慣れたら、クラスメートを誘って母校を訪れてください。「母校」のことを英語では「アルマ・マータ」（alma mater）といいます。これは "nourishing mother"

（滋養物を与えてくれる母）という意味です。本学はいつでも皆さんのアルマ・マータであり続けています。これからも母校を忘れず、たまには「里帰り」（ホームカミング）してください。皆さんとの再会や新たな出会いを楽しみにしています。

2021 年 6 月「卒業アルバムの発刊によせて」

補遺　チャペル講話

1. たった一度の人生

「コヘレトの言葉」3：16-19　わたしはまた、日の下を見たが、さばきを行う所にも不正があり、公義を行う所にも不正がある。わたしは心に言った、「神は正しい者と悪い者とをさばかれる。神はすべての事と、すべてのわざに、時を定められたからである」と。わたしはまた人の子らについて心に言った、「神は彼らをためして、彼らに自分たちが獣にすぎないことを悟らせられるのである」と。人の子らに臨むところは獣にも臨むからである。すなわち一様に彼らの臨み、これの死ぬように、彼も死ぬのである。彼らはみな同様の息をもっている。人は獣にまさるところがない。すべてのものは空だからである。みな一つ所に行く。皆ちりから出て、皆ちりに帰る。

　キリスト教文化週間にあたり、本日はただいま司会者の方にお読みいただきました「コヘレトの言葉」3：16-19をテクストにしながら、わたしたちの人生の意味について、ひととき考えてみたいと思います。
　仏教には輪廻転生という考えがありますし、キリスト教的伝統

の中にもそれに類似した Metempsychosis ないし Seelenwan-derung という考えが、オリゲネスからレッシングへ、そしてレッシングからさらにトレルチへと至る思想的系譜にないではありません。しかし通常キリスト教は、私たちの生を一回きりのものと考えます。すなわち、人間はただ一回だけ生まれ、ただ一回だけ死ぬのです。

　そこで、「一回きり」「ただ一度限り」であるということ——ドイツ語ではこれを "Einmaligkeit" と申します——ですが、オスカー・クルマン（Oscar Cullmann, 1902-99）という新約学者は、第2次世界大戦直後に出版されて大きな反響を呼んだ、『キリストと時』*Christus und die Zeit* (1946) という有名な書物の中で、この「一回性」ということに特別の重要性を認め、それに相当する Ἐφάπαξ という言葉と、神の救いの経綸（オイコノミア）という言葉を枢軸にして、彼のいわゆる「救済史の神学」というものを展開いたしました。ただ、神の救いの経綸と結び合わされていることからもお分かりいただけるように、そこではもっぱら、主イエス・キリストがわれわれの罪のために、「ただ一度」（ἐφάπαξ）（ロマ 6：10；ヘブ 7：27；9：12）御自身を十字架のいけにえとして献げられたという、「キリストの出来事」の「一回性」の救済史的ないし救済論的意義が問題となっております。しかし、ここではそのような意味での「一回性」ではなく、わたしたちの生の「一回性」について考えてみたいと思います。

　「たった一度限り」であることは、あらゆる歴史的なものが有する根本的な特徴です。「一回性」の概念は、それゆえ、近代歴史学の最も中心的な概念の一つです。ドイツ語の "Einma-ligkeit" は、"once-for-all-ness" とか、"uniqueness" とか訳されるのですが、そのことからも判りますように、「一回性」と

いうことは、もう一度全くゼロの状態に戻して、繰り返すとかやり直すとかできないという意味で、「反復不可能性」ということを含意しています。つまり、「覆水盆に返らず」ということです。またそこから、あらゆる歴史的事象は、たといその歴史的重要性においては相違があっても、いずれにせよ唯一無比であるという意味で、歴史的「個性」（Individualität）ということとも深く関わり合っている概念です。

　わたしたちひとりひとりは、お互い顔も違っておれば、名前も違っておりますし、生まれも育ちも、歩んできた人生行路も違います。ひとりひとりが歩んできた人生も同様でありまして、ひとりひとり別々で、2つとして同じものはありません。しかしわたしたちの人生は単に「個性的」であるというだけではなく、厳密な意味では、やり直しが利かない「ただ一度限り」のものでもあります。わたしたちの人生は、ビデオテープのように巻き戻して、最初から再現したり、ワープロに記憶させた文章のように、あとからいくらでも修正できたりするものではありません。おそらくわたしだけでなく、ここにご列席の偉い先生方もそうであろうと推察いたしますが、学生時代にもう少しこういうことをしっかり勉強しておればよかったとか、あのときこういう選択をしなければよかったと思うようなことが、少なからずあると思います。しかし「すべてのわざには時がある」（コヘ3：1）とありますように、然るべきときにその機会を逸してしまいますと、あとで非常に大きな労苦を払って多少の修正や回復はできるとしても、厳密な意味では、やり直しが利かないといいますか、取り返しがつきません。古来、「後の祭り」とか「後悔先に立たず」といった格言がありますが、これは時間の不可逆性ということに基づく、わたしたちの人生の「一回性」に由来するものです。

　しかしただこれだけのことであれば、自分の人生にあまり高望みしなければ、それほど問題はないかもしれません。しかしながら、わたしたちの人生は、もっと深い次元の問題性を孕んでおります。簡単に申し上げますと、1つは「生の不条理」ということであり、もう1つはその生の不条理の極致としての「死」ということです。

　第1の「生の不条理」ということは、サルトル、カミュ、カフカといったような今世紀を代表する実存主義文学者や、サミュエル・ベケットのような戯曲家の作品に鋭く描き出されていますが、ある批評家によれば、アルファベットのAで始まる3つの言葉、すなわち「不条理」(absurdity)、「不安」(anxiety)、「疎外」(alienation) こそは、20世紀の西欧の精神状況を最も的確に表わすキーワードだそうです (Franklin L. Baumer, *Modern European Thought: Continuity and Change in Ideas, 1600-1950* [New York: Macmillan Publishing Co., 1977], 414)。これは要するに、現代人が痛切に感じるようになった「神不在の不条理な現実」ということを、文学的ないし哲学的に表現したものです。

　本日の聖書にある「ダビデの子、エルサレムの王である伝道者」(コヘ1：1)、つまりコヘレトの言葉で言いますと、「さばきを行う所にも不正があり、公義を行うところにも不正がある」ということは、そのような不条理の一つの局面であります。悪人が栄え、義人や善人が苦しむということは、古今東西を問わず普遍的な現象であって、これは哲学的ないし神学的には「神義論」(Theodizee) という特別に困難な問題を惹き起こします。すなわち、悪しき者には「苦しみがなく、その身はすこやかで、つやがあり、ほかの人々のように悩むことがなく、ほかの人々のよう

179

に打たれることがない」（詩73：4-5）、彼らは「悪しき者である
のに、常に安らかで、その富が増し加わる。まことに、わたしは
いたずらに心をきよめ、罪を犯すことなく手を洗った。わたしは
ひねもす打たれ、朝ごとに懲らしめをうけた」（詩4：12-14）と
いう、詩篇の詩人が嘆くような不条理な現実は、神のうちに果た
して正義とか公正ということがあるのかどうか、重大な疑義を生
じさせるのであります。この問題の一つの解決の仕方は、コヘレ
トが暗示しているように、いまはさばかれていなくても、悪人は
いずれは必ずさばかれるというふうに、神のさばきを将来に待望
することです。コヘレトは「神は正しい者と悪い者とをさばかれ
る」と語って、この地上における裁きの不正や偏りを糺す、終局
的な神のさばきに期待を寄せます。しかしいつ神がそのようなさ
ばきを行なわれるのか、誰もこれを知りませんし、そのようなさ
ばきが現実のものとならないかぎり、そのような仕方で事態の打
開をただ将来に先送りするだけでは、神義論の現実的解決にはな
らないのであります。現実は不条理ないし理不尽な事象に満みみ
ちています。勧善懲悪ということは「水戸黄門」や「大岡越前」
といったフィクションの世界の話しであって、歴史的現実ではあ
りません。

　宗教によっては、天変地異や恐ろしい病気の蔓延といった現象
のなかに、神のさばきを見るものもあります。しかしもし奥尻島
やインドの大地震のような自然的大災害が、人間に対する神のさ
ばきを意味するというのであれば、あるいは乱れた性関係によっ
てだけではなく、輸血の際の単純な医療ミスによっても感染する
こともある、エイズという現代の恐ろしい病気が、わたしたち人
間に対する神のさばきを意味するというのであれば、そのような
神のさばきは、恐るべき「無差別」を意味しないでしょうか。な

ぜなら、悪人だけでなく善人や無垢な赤子もともに犠牲者となるからです。たしかに「目くそ鼻くそを笑う」的な、人間的な善悪や正邪という区別にはまったく「無関心」であるということは、「偏りがない」という意味では、あるいは「普遍的な愛」に通ずる面もなきにしもあらずですが、いかにすればそのような無差別的なさばきは、「愛なる神」ということと両立することができるでしょうか。そのことを別にしても、やはり正義とか公平という立場からすれば、因果応報とか信賞必罰ということでないと困るのではないでしょうか。悪いことをしても鉄槌が下らないというのでは、正直者は馬鹿を見るだけに終わらないでしょうか。その意味では、「天の父は、悪い者の上にも良い者の上にも、太陽をのぼらせ、正しい者にも正しくない者にも、雨を降らして下さる」（マタ５：４５）というのは、たしかに偏りのない普遍的な神の愛を言い表わすものであっても、それだけではやはり困るのであります。ここにパリサイ的義の立場からして、イエスの説く「愛の普遍主義」を手放しで首肯できない理由があるわけです。

　それはともあれ、わたしたちは、少なくともこの世では、道徳的には帳尻が合わない、そのような不条理な現実のただなかに生きております。わたしたちの人生はそのような百般の不条理に晒されています。そしてこのような生の不条理は、すべての人に一様に臨む「死」において極まります。極悪人が死刑に処せられるというだけでなく、ハマーショルドのような高潔な人物が、たまたま乗り合わせた飛行機の墜落事故によって一命を落とす、というアクシデントが生じます。昨今の世界的規模における自然災害や、民族紛争による大量の犠牲者を目の当たりにして、人間の運命のはかなさ、その「存在の堪えがたい軽さ」を思わずにはおれません。まことに、「人間も死ぬし、獣も死ぬ。両者は同じ息吹

を持っている。人間は獣以上に勝れているものを何も持っていない。すべては空しいからである。すべてのものは一つ所に行く。すべては塵から出て、すべては塵に戻る」（コヘ3：19-20；フランシスコ会訳）というコヘレトの言葉は、抗しがたい力をもって、わたしたちを「存在の無意味性」へと誘います。

たった一度しかない人生が、あるいは偶然に屋根から落下してきた一片の瓦によって、あるいはある精神異常者の抑圧された性欲のために、あるいは支配者の政治的野心により惹き起こされた戦争によって、あるいは更に、癌という現段階では決定的治療法のない不治の病いのために、本人の意志とは全く無関係に、突如として中断されてしまうのであります。「空の空、空の空、いっさいは空である」（コヘ1：2）。これは聖書の中でも最も重くかつ低く響くニヒリスティックな響きであります。

このような生の不条理な現実に直面して、そして何人たりとも避けることのできない死という厳粛な事実を目の前にして、はたしてキリスト教的信仰は、現代人に対して、どのようなメッセージを語ることができるでしょうか。イエス・キリストの福音は、わたしたちにどのような「よきおとずれ」をもたらすことができるでしょうか。

多くの人は、ある日突然、「死」に直面します。それはあたかも生の歩みの途上に突如として立ちはだかる恐ろしい怪物（スフィンクス）のようであります。わたしたちは、普通、誕生日が来るたびにバースデイ・ケーキの上に飾る蝋燭の数が1本ずつ増えるような仕方で、自分がこの世に産声を上げたその日を起点として、自分たちの生を考えています。たしかにこれは「自然的な」生の捉え方であります。しかしそれは生の側からのみ生を捉えている立場であって、このような「自然的な」生命観にとっては、死は生の営みを

否定し中断する、ただただ恐ろしいものであります。そこからは「人命は地球よりも重い」というヒューマニスティックな、現世中心主義的な生き方しか出て来ないのではないのでしょうか。

　果たしてキリスト教はこのような死生観を支持するものでしょうか。むしろ生にも死にも神の働きを見るのがキリスト教的な立場ではないでしょうか。キリスト教信仰の中心には、イエス・キリストの十字架の死が立っています。そしてその死が生をもたらすのであります。パスカルが言うように、普通、人間は生きているかぎり、死という人間の避けがたい運命から目をそむけながら、われわれを蠱惑するもろもろの「気晴らし」（divertissement）に身を委ねて生きております。しかしそのようにではなく、最初から自己の存在の寄辺なさと死という究極的運命を直視しつつ、生死を手中に収めそれを支配し給う神に信頼して、生死を超えたところから、与えられているいまのときを神の賜物として、精一杯生きるのが、キリスト教的な生き方ではないでしょうか。

　罪なきイエスが、「暴虐なさばきによって取り去られ」、十字架につけられたということは、不条理な現実の極致を示す事態であります。しかしそれにもかかわらず、イエスが３日目に死人のうちから甦られたということは、そのような不条理や無意味性を根本から覆す驚くべき出来事であります。イエス・キリストの復活こそは、死はもはや決してわたしたちの生の「終極」ではなく、むしろ「終極は永遠のいのちである。〔……〕神の賜物は、私たちの主イエス・キリストにおける永遠のいのちである」（ロマ６：22-23）のです。これがキリスト教の死生観の根本であり、現代でもその価値を失わないキリスト教の永遠のメッセージであると信じる次第です。それではお祈りいたしましょう。

（1993 年 10 月 28 日　聖学院大学全学礼拝奨励）

2. ナルニア国への入り口

「マルコによる福音書」第10章13～16節：イエスにさわっていただくために、人々が幼な子らをみもとに連れてきた。ところが、弟子たちは彼らをたしなめた。それを見てイエスは憤り、彼らに言われた、「幼な子らをわたしの所に来るままにしておきなさい。神の国はこのような者の国である。よく聞いておくがよい。だれでも幼な子のように神の国を受けいれる者でなければ、そこにはいることは決してできない」。そして彼らを抱き、手をその上において祝福された。

　ゴールデンウィーク明けに、いきなり堅苦しい信仰の話でもありませんので、本日は昨日の「こどもの日」にちなんで、ひとときファンタジーの世界でともに遊んでみたいと思います。
　本日の聖句に「幼な子のように神の国を受けいれる者でなければ、そこにはいることは決してできない」（マル10：15）とありますし、マタイ福音書には「心をいれかえて幼な子のようにならなければ、天国にはいることはできない」（マタ18：3）とあります。いずれもとても有名な聖句ですが、これはヨハネ福音書のもう一つの有名な聖句、すなわち、「だれでも、水と霊とから生まれなければ、神の国にはいることはできない」という言葉と必ずしも矛盾するものではないと思いますが、しかしある意味で、それよりもイエスの精神により本源的である、と言えるかもしれません。なぜなら、もちろん洗礼を受けてクリスチャンになるということも決して容易くはありませんが、しかしそのようにして教会の一員になっても、必ずしも幼な子のごとき純な心をもっているとは限らないからです。よく「へびのように賢く、はとのよ

うに素直であれ」（マタ 10：16）といわれますが、大人の頭脳と
知性をもちながら子どもの心を失わないということは、実際至難
の業です。それはこの場にご臨席の先生方が一番ご承知のことと
思います。しかしそういうキリスト教的人物像の理想にかなり近
いとわたしが思う人に、Ｃ・Ｓ・ルイスという人がいます。

　Ｃ・Ｓ・ルイス（Clive Staples Lewis, 1898-1963）は、ケンブ
リッジ大学で「中世・ルネッサンス期英文学」の講座を担当した
世界的に有名なミルトン学者でしたが、彼は単なる専門の英文学
者にとどまらず、『キリスト教の精髄』、『悪魔の手紙』、『奇蹟』、
『痛みの問題』、『四つの愛』などのキリスト教神学的な著作や、
さらに『沈黙の惑星を離れて』、『金星への旅』、『かの忌わしき
砦』といった SF 小説も書いておりますし、そして就中、本日の
奨励の題目がそこから採られている、『ナルニア国物語』 *The
Chronicles of Narnia*（1950-56）という優れたファンタジー作
品を生み出した第一級の児童文学者でもありました。

　『ナルニア国物語』は、われわれ人間の日常的な世界とは別の
空想上の国である、ナルニアの誕生から死滅までを描いた壮大な
ファンタジーでありまして、『ライオンと魔女』、『カスピアン王
子のつのぶえ』、『朝びらき丸東の海へ』、『銀のいす』、『馬と少
年』、『魔術師のおい』、『さいごの戦い』という全部で 7 巻からな
る、広い意味でのフェアリー・テールであります。

　フェアリー・テールといえば、一般的に、非現実的な空想の世
界の物語であり、超自然的な出来事に満ち満ちており、魔女や妖
精や言葉をしゃべる動物などが登場いたします。『ナルニア国物
語』も御多分に洩れずその種のものなのですが、ひとつだけ違っ
ていますのは、これを創作したルイス本人は、彼が「目に見える
ようにする」（これがファンタジーの元の意味であります）ファ

ンタジーの世界を、単なる空想の世界や幻想の世界、とは考えていなかったことです。近代的な科学的合理主義やしたたかな現実主義の洗礼をうけたわれわれ現代人にとっては、こういうファンタジーの世界は、いわば「とりとめのない想像」の世界であり、現実にはあり得ない架空の世界にすぎないものでありますが、ルイス自身にはひとつの具体的な現実性をもった「別世界」としてたしかに存在しているものでありました。それはわれわれが通暁している自然法則とは別個の、もう一つの法則、誤解を恐れずにあえて言えば、超自然的な法則が支配する「別世界」でありまして、「この世の宇宙空間をいつまでどこまで進んでいっても、決して到達しない──ただ一つ、魔法でしかいけない世界」であります。

『ナルニア国物語』のあら筋はとても1時間や2時間では語れませんので、本日は最も有名な「ライオンと魔女」*The Lion, the Witch and the Wardrobe* の冒頭の部分に絞ってお話してみようと思います。

むかし、ピーター、スーザン、エドマンド、ルーシィーという4人の子どもたちがいました。彼らは第1次世界大戦中に空襲をさけてロンドンから疎開し、片田舎に住むある年寄りの学者先生のお屋敷に厄介になっていました。

子どもたちがお屋敷に着いた翌朝はひどいどしゃぶりで、外で遊べない子どもたちは大きなお屋敷の中を探検することになります。馬鹿でかいお屋敷ですから沢山の部屋があるのでしたが、何番目かに4人がドアを開けると、大きな衣装たんすが1つあるだけの、がらんとした部屋に出くわしました。「ここには、何もなし！」とピーターが言って、みんなはどやどやと部屋を出ていきましたが、ルーシィーだけはそこに残りました。彼女が衣装たん

すのドアに手をかけると、驚いたことにドアは簡単に開き、中を
のぞくと長い毛皮の外套がいくつもつりさがっていました。毛皮
が好きな彼女は、衣装たんすの中に入り込み、もうすこし奥の方
に入っていきました。すると１列目の外套のうしろにも、２列目
の外套がぶらさがっており、またそのうしろにも——そのように
して、おでこをたんすのうしろ側の板じきりにぶつけないよう
に、恐る恐る指先をさらに奥に伸ばしてみましたが、どうしたわ
けか何にも触りませんでした。

　「すごく大きなたんすなんだわ、きっと。」とルーシィーは思っ
て、もっと奥へからだを押し入れるために、外套のやわらかなか
たまりをかき分けていきました。すると、何か足の裏にざくざく
踏みつけるものがあることに気がつきました。しょうのう玉かと
思ってかがんで手で触ってみると、柔らかくて、さらさらした、
ばかに冷たいものに触りました。〔……〕気がつくとルーシィー
は、なんと、真夜中の森の中につっ立っていて、足もとには雪が
積もり、空から雪が降っていたのです。

　このようにして、読者はルーシィーと一緒に不思議な魔法の世
界に入るのです。ルーシィーは少し心細くなりますが、一方では
白銀の世界に心がわくわくして、森を探索してみたくなります。
後ろを振り返ると、まだ衣装たんすの開け放したドアを通して、
あのからっぽの部屋が見えます。つまり、不思議な衣装たんすが
別世界への通路となっていたのです。この２つの世界は隣り合っ
ておりますが、衣装たんすのこちら側の世界はまったく異なった
時間の支配する別世界なのです。

　ルーシィーが薄暗い森の中を十分ほど歩いていくと、街灯のラン
プのところへ出てきます。どうして森の真ん中にランプがある
のか不思議に思っていると、そこでタムナスという２本の角が生

えたフォーンという半人半羊の動物に出会います。ルーシィーは
タムナスの家に招かれ、そこでナルニアは今では白い魔女に支配
されていて、一年中寒い冬であること、にもかかわらず子どもの
好きなクリスマスが来ない惨めな国となっていること、を聞かさ
れます。物語はこうして始まり、やがてルーシィーに引き連れら
れてナルニアの国にやってきた4人のきょうだいが、アスランと
いうライオンとともに白い魔女と戦い、ついには悪の支配に終わ
りをもたらすという筋書きですが、しかしそれはスリルと冒険に
満ちながらもハッピーエンドに終わる、単なる勧善懲悪的なお伽
話ではありません。ナルニアの国の解放と平和をもたらすのは、
ほかでもないアスランの貴い自己犠牲、すなわち、魔女の誘惑に
乗ってアスランと他のきょうだいを裏切ったエドマンドを救い出
すために、自らの尊い生命をいけにえとして捧げる、アスランの
自己犠牲的な死であります。

　時間の関係上、詳しいお話はできませんが、わたしはこの物語
を読んでいろいろ考えさせられるのです。アスランの性格描写が
イエス・キリストをモデルにしているとか、物語全体がキリスト
教的に仕組まれているとかいうこととは別に、ナルニアの国とい
う仕方で具体化された「別世界」の存在について考えさせられる
のであります。

　実はわたしは、宮沢賢治がイーハトーブと呼んだ岩手県の片田
舎に住んでいるのですが、家のすぐ裏は岩手大学の鬱蒼とした演
習林でありまして、12月から3月の4ヶ月間はまさに白い魔女
が支配する世界となります（といっても、もちろんクリスマスは
訪れますが）。今年は雪が多くて、この4月の半ば頃まではまだ
ところどころに雪が残っておりました。こういうところに住んで
週の何日かを過ごし、残りを大宮で過ごしておりますと、実に不

思議な感覚にとらわれます。金曜日の夕方6時過ぎの新幹線に乗って薄暮の大宮駅を発ち、北へ向かうこと2時間半、盛岡駅で在来線に乗り換えて、そこからさらに2駅北にいったところにわたしの家はあります。福島か仙台を過ぎることにはもう日はどっぷり暮れていますし、東北の片田舎のことですから、帰宅する9時頃にはあたり一面は文字どおり漆黒の闇です。しかも冬の間は一面真っ白の世界となっています。つい3時間ほど前までいた都会の華麗さや喧噪とは180度異なった別世界がそこにあります。都会に住んでいるだけの人には想像もできないような、それでいてこちらに住む人々にとっては過酷なほどに現実的な、もう一つの世界がそこにあります。

　こういう生活を毎週繰り返しながら、わたしは自分の体験とのアナロジーで、聖書が描き出すような信仰の世界について考えさせられます。果たしてわたしたちが現実的と思っている、この日常的な世界だけが、唯一の現実的な世界だろうかと。科学的・合理的に説明され五感で感じることのできる世界、それだけが唯一の、そして真に現実的な世界なのであろうか。もしかすると、それとは別の現実的な世界、通常の目には見えないが確実に愛と真理が支配する世界、要するにキリストの十字架と復活によって象徴されるような世界が、われわれの生活世界と隣り合わせに、現実に存在しているのではないでしょうか。そしてまた、ちょうどあの4人のきょうだいたちが、それを通ってナルニアの国に入っていった衣装たんすのように、その「別世界」への通路も間違いなく存在するのではないでしょうか。ナルニアへの入り口は目に見える形の魔法の衣装たんすでしたが、神の国への入り口は目に見えないわれわれの内面世界・精神世界ではないでしょうか。人間の心は広いといえば無限に広く、狭いといえば無限に狭いものです。

「神の国は、実にあなたがたのただ中にある」というイエスの言葉は実に意味深長です。「融通無碍」という言葉がありますが、固定した観念や因習に囚われず、つねに超越的なものに開かれている人には、このような「別世界」への道が開かれているのではないでしょうか。そしてそれこそ本日の聖書がわれわれに示している真の意味ではないでしょうか。

祈り

（1994 年 5 月 6 日　聖学院大学全学礼拝奨励）

3.　A Single Eye all Light?

　「マタイによる福音書」第 6 章 22-23 節：「目はからだのあかりである。だから、あなたの目が澄んでおれば、全身も明るいだろう。しかし、あなたの目が悪ければ、全身も暗いだろう。だから、もしあなたの内なる光が暗ければ、その暗さはどんなであろう。」

RSV: "The eye is the lamp of the body. So, if your eye is sound, your whole body will be full of light; but if your eye is not sound, your whole body will be full of darkness. If then the light in you is darkness, how great is the darkness."

　RSV（Revised Standard Version）といわれる英語の聖書では、「あなたの目が澄んでおれば」の「澄んでいる」という語に、「健全な」という意味を表す "sound" という単語が用いられています。ところが King James Version といわれるもっと古い英語の聖書では、"The light of the body is the eye: if therefore thine eye be single, thy whole body shall be full of light." となっています。すなわち、「あなたの目が澄んでおれば」の箇所が、「あなたの目がシングルであれば」となっています。「澄んでいる」に相当する語に、"single" という一見首を傾げたくなるような言葉が用いられています。言うまでもなく "single" というのは、「一つだけの、唯一の、単独の」という意味の形容詞です。では目がシングルだということはどういうことでしょうか。それは「一眼レフ」的な意味での「一眼」、「単眼」、ないし「独眼」ということでしょうか。

　通常の人間には目は2つあります。だがギリシア神話には、ポリュペモス Polyphemus という一つ目の巨人が登場します。彼は食人種の一眼の巨人キュクロポス Cyclops〔Sicily 島に住んでいたという額の真ん中に丸い一つ目を持つ巨人族の一人〕の一人で、オデュッセウス Odysseus〔イサカの王。叙事詩『イリアス』のなかの英雄の一人で、また『オデュッセイア』の主人公。トロイ戦争ではギリシア軍の明敏な指導者でもあった〕によって盲目にされてしまいます。

　あるいは遠くギリシア神話に範を取るまでもなく、我が国には「独眼流政宗」としてつとに有名な伊達政宗という、一つ目の武将がいます。10 年ほど前にも NHK の大河ドラマになって、渡辺謙が主人公の政宗の役を演じていましたので、ご記憶のある方もあろうかと思います。一つ目といっても、もちろんポリュペモスのように最初から目が1つしかなかったわけではありません。幼少の頃事故で片目の光を失ったわけです。この政宗という人は片目を失って見える目は1つしかなかったにもかかわらず、正常な2つの眼を持った人たち以上に物事の本質をよく見ることができました。「独眼流」といわれるゆえんです。

さて、われわれが今日取り上げた聖書の「あなたの目が澄んでおれば」という箇所が、ある古い英訳では "if therefore thine eye be single" となっているのは、それなりに正当な理由ないし根拠があるようです。

　そもそものギリシア語原典では、"Ὁ λύχνος τοῦ σώματός ἐστιν ὁ ὀφθαλμός. ἐὰν οὖν ᾖ ὁ ὀφθαλμός σου ἁπλοῦς, ὅλον τὸ σῶμά σου φωτεινὸν ἔσται·" となっておりますし、ヴルガータと呼ばれるラテン語訳聖書でもこの箇所は、"Lucerna corporis tui est oculus tuus. Si oculus tuus fuerit simplex: totum corpus tuum lucidum erit." となっています。つまり「澄んでいる」に相当する箇所は、ギリシア語では「ハプルース」、ラテン語では「シンプレックス」となっていますが、これはいずれも第一義的には "single" という意味を表す言葉です。

　　〔ギ〕ἁπλόος, η, ον, contr. ἁπλοῦς, ῆ, οῦν, opp. διπλόος *twofold*, and so, I. *single*; II. *simple, plain, straightforward* III.*simple*, opp. *compound* or *mixed*
　　〔羅〕simplex = *simple, plain, uncompounded, unmixed*, = ἁπλόος

　さて、本日の奨励の題目に掲げました "A Single Eye all Light?" というのは、一体どういうことでしょうか。疑問符の付いていない "A Single Eye all Light" というのは、実は17世紀イギリスの思想家 Laurence Clarkson ないし Claxton (1615-67) が1650年に出版した本の題名なのです。わたしはある本でこのことを知り、この題名に非常に興味をもった次第です。御多分に漏れずわたしも大概の日本人と同様、RとLの区

別がうまくできません。ですから最初に聞いたとき "A Single Eye all right" と思ったのです。つまり「一つ目でもオーライだ」、「片目になっても大丈夫だ」と。なぜかといえば、聖書には「だれでも、情欲をいだいて女を見るものは、心の中ですでに姦淫したのである。もしあなたの右の目が罪を犯させるなら、それを抜き出して捨てなさい。五体の一部を失っても、全身が地獄に投げ入れられない方が、あなたにとって益である」（マタ5：28-29）と言われているからです。でもここはRではなくLです。つまり「光」という意味です。

　それではこの "A Single Eye all Light" というのは、一体どういう意味でしょうか。一体いかなる事態を指しているのでしょうか。それを解く鍵はクラークスンというこの人物にあります。彼は通常「ランターズ」（the Ranters）と呼ばれているピューリタンの一派に属しておりました。ランターズというのは、「17世紀中葉のファナティックな反律法主義的な汎神論的なセクト」のことで、彼らは「キリストの内的経験ということに訴え、聖書の権威、信条、聖職制度を否認」しました。ですから、「革命主義的かつ非道徳的な教理のために、彼らは深い猜疑の対象となりました」。ノーマン・コーンの名著『千年王国の追求』*The Pursuit of the Millennium* の巻末には、ランターズのこと、そしてクラークスンのことが載っていますが、それによれば "A Single Eye all Light" という「幾分奇妙に聞こえる書名」（somewhat odd-sounding title）は、より正確には『ひたむきな眼。すべては光明、闇はなし。あるいは、光明も闇も一つ。〔……〕これは普遍者の一人、L（ローレンス）・C（クラークスン）に授けられた啓示である』*A Single Eye All Light, no Darkness; or Light and Darkness One*〔……〕*This Revealed in L.C.*

one of the UNIVERSALITY. だというのです。パスモアという
哲学者は、ノーマン・コーンのこの書を引証しつつ、"A Single
Eye all Light" というクラークスンの書名は、隠喩的な仕方な _{メタフォリカル}
がらランターズの本質をよく言い表している、と述べています
(John Passmore, *The Perfectibility of Man* 〔New York:
Charles Scribner's Sons, 1970〕, 142f.)。

> RANTERS A fanatical antinomian and pantheistic sect of
> the mid-17th cent. They appealed to their inward experi-
> ence of Christ and denied the authority of Scripture,
> Creeds, and the Ministry. Their revolutionary and immoral
> doctrines made them the object of deep suspicion. They
> were at first popularly associated with the Quakers, who
> suffered misrepresentation from the confusion. They were
> fiercely attacked by R. Baxter 〔……〕 (*The Oxford Dictio-
> nary of the Christian Churches*)

　すなわちこの書名の背後には、古代の教父や中世の神学者に
よって愛好された隠喩があるのであって、クラークスンは、そう
した古代・中世的なキリスト教の考え方に真っ向から反対するラ
ンターズの立場を、この "A Single Eye all Light" という書名
によって表明しようとした、というのです。どういうことかと言
いますと、古代の教父や中世の神学者が好んで用いた隠喩によれ
ば、「人間には 2 つの目があるのであり、霊的な目の方は天上に
しっかりと据えられているのに対して、もうひとつの世俗的な目
の方はこの地上にしっかりと据えられている」というのです。つ
まり天上と地上の両方を同時に見据えながら、バランスを取りな

がら生きる生き方です。悪く言えば、ロンドンとパリを同時に見ようとする、いわゆる「ロン・パリ」的な生き方です。

　ところが、ランターズが身をもって示そうとしたのはこれとはまさに正反対の生き方なのです。彼らは「マタイによる福音書」第6章22節の「目はからだのあかりである。だから、あなたの目が澄んでおれば、全身も明るいだろう」という聖句を、「あなたの目がシングルであれば、全身も明るいだろう」というふうに理解したのです。クラークスンの本の正式名称を紹介したときに暗示済みなのですが、"a single eye"という言葉には、文字通りの「単眼」という意味以外に、「誠実、ひたむき、誠心誠意」という古義があります。ですから"with a single eye"と言えば、「誠実に、ひたむきに、誠心誠意」という意味になります。わたしは英語学・英文学の門外漢ですから、"with a single eye"という語法の由来を詳しくは知りませんが、おそらくこの語法の背後には本日の聖書の箇所（マタ6：22）があり、またクラークスンの問題の書（*A Single Eye all Light*）があると思うのです。

　"A Single Eye all Light"、それはパスモアの表現を借りますと、「すっかり霊的になり、神的な光によって完全に充溢され、単なるこの世的なものには全く目もくれない」という生き方です。つまりは「ひたむきな」生き方です。シングル・アイ、すなわち「ひたむきな眼」にとっては、「すべては光、闇はなし」なのです。ランターズと呼ばれるピューリタンの一派は、天上も地上もという「あれも・これも」という双眼的な生き方をきっぱりと斥けて、「霊的な眼」という「ただ一つの」眼でもってものごとを見る、単眼的な生き方を実践しようとしたのです。

　いかがでしょうか。なかなか魅力的な考え方ではありませんか。しかしこれがイエスの説いたキリスト者の生き方でしょう

か。"A Single Eye all Light"、これが信仰者のあり方なのでしょうか。ひたむきに天上のことのみに思いを馳せ、この世の闇には目もくれずに生きる、それがほんとうのクリスチャンの人生態度なのでしょうか。否、"A Single Eye all Light"というのは、むしろカルト的な生き方ではないでしょうか。キリスト教内部のものにかぎらず、およそ完全主義的なセクトというものは単眼的、つまり"A Single Eye all Light"です。しかしこのような生き方には大きな落とし穴があります。健全なる市民感覚をもたない「ひたむきな」宗教的敬虔は、ファナティックになって非人道的な暴挙に出ることもあるということを、われわれは最近大きな犠牲を払って学びました。このようなランターズ的な"A Single Eye all Light"は、「世俗的な単眼主義」以上に危険なものだと思うのです。わたしがここで「世俗的な単眼主義」と言いますのは、天上に向かう一方の目をもはや喪失して単眼的になり、現世の金銭や名誉や栄達にのみ目を向ける、排他的な現世至上主義のことです。一方は天上にのみ思いを馳せ、他方は地上にのみ重きを置く単眼主義であります。しかしそのような単眼主義は、それがひたむきなものであればあるほど、大きな危険を孕むものであります。

　たしかにわれわれは片目でもものは見えます。しかし両目で見なければ、ものの相対的距離間隔はわかりません。この相対的距離間隔の感受ということは、言い換えれば、健全な市民感覚ということです。最初に「目が澄んでいる」という箇所が、RSVという英語の聖書では「目が健全である」というふうになっている、と申しました。「健全なひたむきな眼」は、いわゆる単眼的であってはならないと思うのです。実際、イエスは弟子たちに、「みこころの天になるごとく、地にもなさせたまえ」と祈るよう

196

に命じました。われわれはそれを「主の祈り」において日々実践しております。ですからキリスト教の「ひたむきさ」は、単眼的（single-eyed）なひたむきさではなく、双眼的（double-eyed）なひたむきさでなければならないと思うのです。これがわたしが本日の奨励の題に敢えて疑問符をつけたゆえんです。

　われわれが生きている現代、それはこれまで通用していたものが悉く崩れていく時代です。トレルチ流に言いますと、"Es wackelt alles!"「すべてのものがぐらついている」のであります。巷では「失楽園」（Paradise Lost）という映画や小説が話題を呼んでいるようですが、われわれの時代はルーマン的に言えば「パラダイム・ロスト」、つまりこれまでの人類によって共通して保たれてきた信念・価値・規範が失われてしまった時代でもあります。こういう時代だからこそ、われわれは２つの目（double eyes）をもって、天上と地上をしっかりと見据えた生き方をしなければならないと思うのです。本学〔聖学院大学〕の教育理想である "Pietas et Scientia" ということもこれと無関係ではないでしょう。わたしの好きな言葉に「書物はわれわれがそれを通して神を垣間見る窓である」（Books are windows through which we catch glimpses of God）というのがありますが、この言葉はピエタスとスキエンチアを統合する「キリスト教的人文主義」の理想をよく示しているように思います。

　"Pietas et Scientia" を教育理想として掲げている本学は、いくら「ひたむき」ではあってもいわゆる「単眼的」な学生を育成しようとする大学ではありません。ピエタスだけもスキエンチアだけでもなく、両者を同時に射程に入れたいわば「双眼的」な人間を育てようとする学校です。この頃よく「ダブル・スクール」ということが言われますが、われわれはむしろ声を大にして、聖

学院は「ダブル・アイズのスクール」だと言いたいと思うのです。

　最後にもう一度、本日の聖書を読んで拙い奨励を終わりにしたいと思います。「目はからだのあかりである。だから、あなたの目が澄んでおれば、全身も明るいだろう。しかし、あなたの目が悪ければ、全身も暗いだろう。だから、もしあなたの内なる光が暗ければ、その暗さはどんなであろう。」それではお祈りいたしましょう。

（1997 年 6 月 23 日　聖学院大学全学礼拝奨励）

4. 麦と毒麦のたとえ

　「マタイによる福音書」第 13 章 24-30 節：また、ほかの譬(たとえ)を彼らに示して言われた、「天国は、良い種を自分の畑にまいておいた人のようなものである。人々が眠っている間に敵がきて、麦の中に毒麦をまいて立ち去った。芽がはえ出て実を結ぶと、同時に毒麦もあらわれてきた。僕たちがきて、家の主人に言った、『ご主人様、畑におまきになったのは、良い種ではありませんでしたか。どうして毒麦がはえてきたのですか』。主人は言った、『それは敵のしわざだ』。すると僕たちが言った『では行って、それを抜き集めましょうか』。彼は言った、『いや、毒麦を集めようとして、麦も一緒に抜くかも知れない。収穫まで、両方とも育つままにしておけ。収穫の時になったら、刈る者に、まず毒麦を集めて束にして焼き、麦の方は集めて倉に入れてくれ、と言いつけよう』。」

　本日は「麦と毒麦のたとえ」（the parable of the wheat and the tares）という題で短い奨励をいたしたいと思います。イエ

スは「時は満ちた、神の国は近づいた。悔い改めて福音を信ぜ
よ」（マタ１：14）というメッセージをもって歴史の舞台に登場
し、十字架の死にいたるまでひたすら神の国とその間近な到来に
ついて宣教されました。しかもイエスは神の国について語ると
き、もっぱらたとえを用いられたということは、皆さまよくご存
知のことと思います。マタイによる福音書では、「神の国」とい
う代わりに「天国」となっていますが、これはマタイによる福音
書が主としてユダヤ人に向けた書かれたものであったため、「神」
の名を口にすることを憚って、それを神が居ますところ、つまり
神の在所たる「天」でもって代用したためです。というのは、ユ
ダヤ人たちが何よりも尊んだ律法の中の律法たる十戒には、「あ
なたは、あなたの神、主の名を、みだりに唱えてはならない。主
は、み名をみだりに唱えるものを、罰しないでは置かないであろ
う」（出 20：7）、と言われているからです。この戒めを厳格に
守ったため、ユダヤ人たちはやがて神の名を示す「聖なる四文
字」、いわゆるヒエログラム（YHWH）の正しい発音の仕方がわ
からなくなってしまったくらいなのです。

　それはともあれ、「神の国」ないし「天国」がどういうもので
あるかをわれわれに教えるために、イエスはいろいろなたとえを
語られました。本日お読みいただいた聖書の箇所とその前後は、
まさにその見本とも言うべきところです。イエスはここで「天国
は、良い種を自分の畑にまいておいた人のようなものである」と
言われるのですが、それに続けて、「天国は、一粒のからし種の
ようなものである。ある人がそれをとって畑にまくと、それはど
んな種よりも小さいが、成長すると、野菜の中でいちばん大きく
なり、空の鳥がきて、その枝に宿るほどの木になる」（マタ 13：
31-32）、とか、「天国は、パン種のようなものである。女がそれ

を取って三斗の粉の中に混ぜると、全体がふくらんでくる」（マタ 13：33）とか、「天国は、畑に隠してある宝のようなものである。人がそれを見つけると隠しておき、喜びのあまり、行って持ち物をみな売りはらい、そしてその畑を買うのである」（マタ 13：44）とか、あるいはさらに天国は「良い真珠を捜している商人のようなものである」（マタ 13：45）とも、「海におろして、あらゆる種類の魚を囲みいれる網のようなものである」（マタ 13：47）とも言われています。

　これ以外にも、よく知られている譬喩としては、ぶどう園のたとえ話（マタ 20：1-16；21：33-41）、ひとりの王がその王子のために催す婚宴のたとえ話（マタ 22：1-14）、10 人のおとめのたとえ話（マタ 25：1-13）、タラントのたとえ話（マタ 25：14-30）など、数え上げたらきりがありません。マタイにはありませんが、「放蕩息子」のたとえ話（ルカ 15：1-32）とか「良きサマリヤ人」のたとえ話（ルカ 10：30-37）などは、クリスチャンでなくても誰もが知っている有名なものです。「イエスはこれらのことをすべて、たとえで群衆に語られた。たとえによらないでは何事も彼らに語られなかった」（マタ 13：34）と言われているように、とにかくイエスは群衆に語るとき、また弟子に語るとき、たとえ話を多用しています。ではなぜイエスはたとえを多用したのでしょうか？　そして本日われわれが問題にしているたとえは、われわれに何を語ろうとしているのでしょうか？

　たとえはしばしば「多意的言語」であると言われます。"equivocal" といいますか、"multivocal" といいますか、とにかくたとえ話には "ambiguous" な部分が出てきます。「一意的言語」であれば、その意味は "clear-cut" に明瞭であり、いろいろな解釈が入る余地はありません。しかし「多意的言語」とい

われるたとえ話の場合には、そうはいきません。神の国は「一粒のからし種のようなもの」であるとか、「畑に隠してある宝のようなもの」であるとか、「良い真珠を捜している商人のようなもの」であると言われるとき、それを聴いたわれわれは、自分のもっている知識やこれまでの経験に基づいて、神の国についてイメージしますが、そのイメージはひとによって異なるはずです。からし種や真珠を見たことのない人は、いまいちよくイメージできないでしょうし、いずれにしてもたとえ話はさまざまな解釈に開かれています。

　わたしが考えますに、たとえには大きく２つの面があると思うのです。１つは抽象的概念や難しいテーマを相手に理解してもらおうとするとき、相手の知的ないし情的レベルに合わせ、聞き手にとって卑近な例を挙げて、具体的にわかりやすく話そうとするときです。幼稚園とか小学校で講話をするよう頼まれたとき、われわれはしばしばこの手を使います。イエスが語った「放蕩息子」の喩え話などには、この要素がよく見てとれます。しかしもう１つの面は、疑問の余地のないような一意的な話し方をせず、むしろ意図的に曖昧さを残して、語られた事柄の意味解釈を聞き手の解釈に委ねるような場合です。これは揚げ足を取られると困るような場面で、われわれがしばしば用いる手法です。つまり意図的に少しぼかして語り、どういう意味にとろうとあくまでそれは聞く側の主観的な解釈にすぎないとして、言い逃れることができるようにするためです。イエスが群衆に対してたとえ話を語るとき、こういう要素もあったと思うのです。

　実際、本日取り上げました聖句の少し前の箇所には、次のように記してあります。「弟子たちがイエスに近寄ってきて言った、『なぜ、彼らにたとえでお話しになるのですか』。そこでイエスは

答えて言われた、『あなたがたには、天国の奥義を知ることが許されているが、彼らには許されていない。おおよそ、持っている人は与えられて、いよいよ豊かになるが、持っていない人は、持っているものまで取り上げられるであろう。だから、彼らにはたとえで語るのである。それは彼らが、見ても見ず、聞いても聞かず、また悟らないからである。』（マタ 13：10-13）

さて、それでは「天国は、良い種を自分の畑にまいておいた人のようなものである。人々が眠っている間に敵がきて、麦の中に毒麦をまいて立ち去った。芽がはえ出て実を結ぶと、同時に毒麦もあらわれてきた。僕たちがきて、家の主人に言った、『ご主人様、畑におまきになったのは、良い種ではありませんでしたか。どうして毒麦がはえてきたのですか』。主人は言った、『それは敵のしわざだ』。すると僕たちが言った『では行って、それを抜き集めましょうか』。彼は言った、『いや、毒麦を集めようとして、麦も一緒に抜くかも知れない。収穫まで、両方とも育つままにしておけ。収穫の時になったら、刈る者に、まず毒麦を集めて束にして焼き、麦の方は集めて倉に入れてくれ、と言いつけよう』。」という、この「麦と毒麦のたとえ」は一体どのように解釈したらよいのでしょうか？

英語には "sow tares among somebody's wheat" という表現があり、言うまでもなくこれはわれわれがいま取り上げている聖書の箇所に由来しています。この表現は「不正なやり方で人に害を与える」ことを意味していますが、果たして本日の聖書の箇所はそういうことを問題にしているのでしょうか？　わたしにはどうもそうではないように思われます。

「麦と毒麦のたとえ」を素直に読んで解釈すれば、歴史のうちにおける善と悪、正義と不正に関して、われわれは早まって判断

を下してはならない、善と悪、正義と不正に関する最終判断は、歴史の終末まで待たなければならない、という意味に取れると思うのです。終末において善悪がはっきり分離されるという思想は、例えば「マタイによる福音書」第25章31-33節にも見てとれるもので、そこでは次のように言われています。「人の子が栄光の中にすべての御使たちを従えて来るとき、彼はその栄光の座につくであろう。そして、すべての国民をその前に集めて、羊飼いが羊とやぎとを分けるように、彼らをより分け、羊を右に、やぎを左におくであろう」。「麦と毒麦のたとえ」も基本的にこれと同じ思想を背景にもっていることは間違いありませんが、しかしラインホールド・ニーバーはある説教の中で、「麦と毒麦のたとえ」は"puzzling lesson"、つまりわれわれを「当惑させるような教訓」を含んでいると述べています。なぜこのたとえがわれわれを当惑させまごつかせるのでしょうか？

　それは例えば、今回の同時多発テロ事件やその後の「炭素菌」の事件などの犠牲者やその関係者に身を置いてみればよくわかるでしょう。実際の当事者になったとき、「いや、毒麦を集めようとして、麦も一緒に抜くかも知れない。収穫まで、両方とも育つままにしておけ。収穫の時になったら、刈る者に、まず毒麦を集めて束にして焼き、麦の方は集めて倉に入れてくれ、と言いつけよう」などと、呑気なことを言っておれるでしょうか？　われわれはテロという悪の根源を根絶しようとせず、むしろ歴史のうちでは善も悪もごちゃ混ぜになっている、悪を根絶しようとして罪のない人まで巻き添えにしてはいけない、歴史の終末にいたるまで、善も悪もこのままにしておこう、終末になったら、神が悪しき輩を滅ぼして地獄に落とし、善なる者を神の国に入れてくださるであろう、などと傍観者的な態度を取れるでしょうか？

当事者であれば、むしろアメリカの大統領〔ジョージ・W・ブッシュ〕が決断したように、速やかにテロに対する報復の戦争を宣言し、この赦しがたい悪の勢力を徹底的に殲滅しようとしないでしょうか？　またそうすべきなのではないでしょうか？　もしわれわれが、歴史のうちではすべては相対的であり、純粋な白もなければ純粋な黒もない、すべては灰色であり、他者を裁けるような絶対的な善の立場はあり得ないとして、歴史のうちで善と悪、正義と不正を区別することをやめてしまえば、およそ道徳ということは成り立たなくなってしまうでしょう。われわれのものの見方は有限であり、われわれ自身も神の眼から見たらグレーであるとしても、それにもかかわらずわれわれは、善と正義の理想を相対的な仕方でも達成するために、歴史のうちで善と悪、正義と不正を区別する努力を怠ってはならないのです。

　しかし、もしわれわれが自分が行なう区別や審判を絶対的なものであると見なすとすれば、たとい相対的に善であるその立場もその瞬間により大いなる悪に転化する可能性があるのです。アメリカは今回のアフガニスタンに対する戦争を当初「無限の正義」(Infinite Justice) と名づけましたが、その後イスラム諸国からの批判に配慮して「不朽の自由」(Enduring Freedom) と改めました。このことはきわめて示唆的であり、われわれは往々にして自分たちの相対的に善の立場を、あたかも絶対的な善であるかのように見せかけます。本日われわれが取り上げている「麦と毒麦のたとえ」は、このようなわれわれの「見せかけ」や「装い」に対して強い警告を発していると思うのです。

　人間の歴史は「善と悪の混合」です。われわれは絶対的な判断基準をもっていない有限な人間です。しかしわれわれは歴史のうちで、その都度その都度決断しなければなりません。たといわれ

われが決断するその方向が、最終的に善であるか悪であるかどうか客観的にわからないとしてもです。信仰義認という考えは、こういうわれわれに対して「行動への勇気」を与えてくれるものではないでしょうか？　歴史のただ中で生きるわれわれは、いろいろな局面においてその都度、自らの責任において決断し行動しなければなりません。しかしわれわれの判断や決断、行動やその結果は、必ずしもわれわれが考えているように正しくないかも知れません。最終的な判断、窮極的な裁きは、歴史の支配者にして審判者である神に委ねなければなりません。世界中に暗雲がたれ込めている今、われわれは「麦と毒麦のたとえ」からもう一度学び直さなければならないと思うのです。

祈り

(2001 年 10 月 24 日　聖学院大学全学礼拝奨励)

5.　丘の上の町 (a city upon a hill)

「マタイによる福音書」第 5 章 13-16 節：「あなたがたは、地の塩である。もし塩のききめがなくなったら、何によってその味が取りもどされようか。もはや、なんの役にも立たず、ただ外に捨てられて、人々にふみつけられるだけである。あなたがたは、世の光である。山の上にある町は隠れることができない。また、あかりをつけて、それを枡の下におく者はいない。むしろ燭台の上において、家の中のすべてのものを照らさせるのである。そのように、あなたがたの光を人々の前に輝かし、そして、人々があなたがたのよいおこないを見て、天にいますあなたがたの父をあがめるようにしなさい。」

本日の聖書箇所の冒頭に出てくる「地の塩」（τὸ ἅλας τῆς γῆς; sal terrae）「世の光」（τὸ φῶς τοῦ κόσμου; lux mundi）というメタファーは、この世におけるクリスチャンのあり方ならびに役割を表すものとしてとても有名なものですので、おそらくこの場にいらっしゃる皆さま誰もがご存じだろうと思います。ですからこれに関しては、多くの説明は必要ないだろうと思います。塩は清浄ないし純潔を表すものです。例えば、我が国の国技といわれる相撲では、土俵の上に塩がまかれますが、それは神聖な土俵を清める意味を持っているわけですね。塩はまた腐敗を防止する防腐剤の役割を果たします。クーラーや冷蔵庫がなかった古代や中世においては、当然この塩の役目の重要性は強調されて余りあるものがあります。保存食の代表である漬け物やハムやチーズなどは、塩なしには考えることができませんね。塩はまた、ものに味をつけるという特性をもっています。塩気の足らない料理は味気がなくて、食べても不満が募りますね。

　ですから、クリスチャンが「地の塩」であるということは、クリスチャンはこの世にあって清さ・純潔を代表し、社会の腐敗堕落を防止する役割を果たし、塩が食物に必要なのと同じように、人生に微妙な味をつけるものである、と解することができるでしょう。

　「世の光」についても同様です。現代は光が氾濫していますので、われわれは光の価値がわからなくなっていますが、電気や電灯がなかった古い時代においては、光はどれほど貴重なものだったでしょうか。皆さん、夜に突然停電になったとすれば、懐中電灯の灯りでも、ローソクの灯火でも、いや1本のマッチの灯りでも、どれほど有り難く感じることでしょう。夜に停電になり、街の街灯も消え、おまけに車のヘッドライトもつかなくなったら、もう運転もできませんね。文明の進歩は、自然界に存在する夜と

いう真っ暗闇を克服し、現代では世界中の都市という都市は、否、どんな田舎の町でも不夜城と化しています。しかし人工的な光が氾濫している現代ほど暗い時代はないというのは、実に皮肉な現象ではないでしょうか。ともあれ、「世の光」というメタファーは、現代のような人工的な光が存在しなかった2000年前の人々にとって、どれほど強烈な印象を与えたことでしょう。イエスは「わたしは、この世にいる間は、世の光である」（ヨハ9：5）と言われましたが、弟子であるわれわれクリスチャンにも、「世の光であれ」、と命じられたのです。岩礁の多い暗い荒海を航海している船にとって、灯台の灯火は安全な航海に不可欠なものですが、時代を歩む人類にとってクリスチャンの存在は、それに類似した役割を果たすものでなければなりません。クリスチャンは、暗い時代を生きる人々にとって、人間としての正しい歩み方、正しい方向性を示すものでなければなりません。

「山の上にある町は隠れることができない」というのは、そういう模範としてのあり方を示すものとして理解することができるでしょう。山の上にある町は、遠くから誰の目にもとまり、旅人はそれを目指してその町へと至る道を進みます。この「山の上にある町」（マタ5：14）を念頭に置きながら、ピューリタン総督のジョン・ウィンスロップ（John Winthrop, 1588-1649）は、1630年、「キリスト教徒の慈愛のひな型」という有名な説教を行いました。ピルグリム・ファーザーズがメイフラワー号に乗って、大西洋を渡ってプリマスに上陸してから10年後、ウィンスロップは、マサチューセッツ湾植民地を建設する目的で、総督としてピューリタンの一団を率いて大西洋を渡りました。航海中のアーベラ号船上でなされた彼の説教は、ピューリタンの移住目的を契約理念によって説明しています。「キリスト教徒の慈愛のひ

な型」（A Model of Christian Charity）と題されたこの説教
は、慈愛にもとづく共同体の設立を唱え、ニューイングランドを
「丘の上の町」（a city upon a hill）に譬えており、選民による
アメリカ建設のイメージを表現したものとして有名です。

　　さて、この挫折を避けて子孫を養い育てることのできる唯一の
　途は、〔預言者〕ミカのすすめに従って、ただ公義をおこない、
　いつくしみを愛し、へりくだってわれらの神とともに歩むことで
　ある。この目的を達成するために、私たちは、〔……〕一体とな
　らなければならぬ。兄弟のいつくしみをもってたがいにもてな
　し、必要以上のもちものをさいて、他人の必要をみたさなければ
　ならぬ。柔和、やさしさ、寛大をもって、親しき交わりを保つべ
　きである。〔……〕われわれは丘の上の町となり、あらゆる人の
　目がわれわれに注がれると、考えねばならぬ。〔……〕
　　われわれは今日、主なる神を愛し、たがいを相愛し、主の道を
　歩み、その戒めと定めとおきて、また主とかわした契約の条項を
　守ることを命じられた。それに従うなら、われわれは生きなが
　ら、その数は多くなるであろう。またわれらの主なる神は、われ
　われが行って取る地で祝福を与え給うであろう。しかし、もしわ
　れわれが心をそむけて聞き従わず、誘われて他の神がみ──快楽
　と利益──を拝み、それに仕えるなら、今日、告げられるであろ
　う。この広大な海を渡り、行って取るよき地で、われわれは必ず
　滅びるであろうと。（大下尚一・有賀貞・志邨晃佑・平野孝編
　『史料が語るアメリカ』有斐閣、1989 年、10 頁）

　アメリカという国は、この「丘の上の町」たらんとして建国さ
れた、人類史上まれな特別な使命感をもった国です。ピルグリ

208

ム・ファーザーズがまず道筋をつけ、ウィンスロップが比喩的表現を与えた「キリスト教国アメリカ」という理想は、その約1世紀半後、アメリカ革命（独立革命）によって現実のものとなったかのように思われました。しかしアフリカから人身売買されてきた黒人奴隷の使用が、すでに1776年のアメリカ独立宣言の時点で、「キリスト教国アメリカ」という理想を裏切る要素となっていました。やがてこの奴隷制の問題を巡って連邦は真二つに分裂し、あの悲劇的な「南北戦争」（1861-65）が起こります。その激戦の地であったゲティスバーグにおいて、時の大統領エイブラハム・リンカーンは有名な「ゲティスバーグ演説」を行いました。「87年前、われわれの父祖たちは、自由の精神にはぐくまれ、すべての人は平等に造られているという命題に捧げられた新しい国家を、この大陸に生み出しました」という言葉で始まるこの演説は、「（われわれは）ここで固く決意します〔……〕。この国に、神の下で、新たな自由を生み出すことを。そして、人民の、人民による、人民のための政治が、この地上から滅びることがないようにすることを」という有名な言葉で締めくくられます。

　「人民の、人民による、人民のための政治」（[the] government of the people, by the people, and for the people）、これはアメリカ的民主主義に古典的表現を与えたものですが、この自由、平等、そして民主主義というアメリカの理想、そしてそれを地球的規模で人類に拡大していく使命感が、今回のイラク戦争の背景にあることは否定できません。9.11というあの衝撃的なテロ事件を経験したアメリカの大統領として、あのようなテロを二度と再び起こさせないようにするために、「先制攻撃」（pre-emptive action）をも辞さないというブッシュ・ドクトリンは、アメリカ的なキリスト教的使命感に裏打ちされていることは否め

ません。しかしマーティン・マーティーやロバート・N・ベラーといった、名だたる神学者や宗教社会学者、そして多くのキリスト教会の指導者たちが厳しく批判していますように、そこにはキリスト教としてもっとも戒められるべき問題点が同居しています。高名な神学者でシカゴ大学名誉教授のマーティン・E・マーティーは、ブッシュ・ドクトリンならびにそれに基づくアメリカ外交政策のなかに、「高慢の罪」（the Sin of Pride）を鋭く見て取っています（*Newsweek*, March 10, 2003）。

　かつてリンカーンは1865年3月4日、第2次大統領就任演説でこう述べています。「両者とも同じ聖書を読み、同じ神に祈り、相手を倒すために神に助けを願っております。〔……〕（しかし）両者の祈りが両方ともききとどけられることはありえないのであります。両者の祈りはどちらも完全にはききとどけられてはいないのであります」と。40歳で回心体験をして神に帰依したと言われるブッシュ大統領が熱心なクリスチャンであることに疑いの余地はありません。しかし今のブッシュ大統領にかつてのリンカーン大統領のような謙虚さがないことが、わたしにとっては一番気がかりなところです。

　ごく最近、ブッシュ政権の外交政策に強い影響力をもっていると言われる、ネオコンのイデオローグの一人であるロバート・ケーガンの *Of Paradise and Power: America and Europe in the New World Order*（New York: Alfred A. Knopf, 2003）という本を読んで衝撃を覚えました。「もはやヨーロッパはアメリカにとって無用である」。弱き「ヨーロッパとは袂を分かとう」というのです。ケーガンによれば、「もはやアメリカはヨーロッパとは違う道を歩み始めた。アメリカがマース（軍神あるいは火星）だとすれば、ヨーロッパはヴィーナス（美の女神あるいは金星）である。ヨーロッパはカントの恒久平和を目指しているのに

対して、アメリカはホッブズ流の無秩序な世界にいる。大西洋を
挟む分裂は深く、長く、永続する」というのです。そして「ヨー
ロッパがアメリカの単独行動主義（ユニラテラリズム）に反対す
るのは、自分たちにその力がないからだ。ヨーロッパは弱いから
こそ、脅威に対して寛容でいられるのであり、これは人間の心理
として自然なことだ」。「アメリカは強いからこそ、標的になって
しまう。アメリカが保安官なら、ヨーロッパは酒場の主人であ
る。無法者（アウトロー）は保安官を狙い、酒場の主人は狙わな
い。そして酒場の主人にとって、ときとして保安官はアウトロー
以上に脅威である。しかし保安官がアウトローに撃たれてしまえ
ば、次は酒場の主人の番だ」というのです。

　現在のアメリカ外交を支配している「力の論理」の背後には、
ピルグリム・ファーザーズやウィンスロップのようなピューリタ
ン的なキリスト教精神、あるいはリンカーンのような絶対者の前
での謙虚な敬虔さとは異なった、西部劇でお馴染みのあの「カウ
ボーイ」的精神が息づいています。これまた実にアメリカ的な、
フロンティア精神の末裔ではありましょうが、しかしそれはキリ
スト教精神とは区別されてしかるべきものです。ヨーロッパとア
メリカ、そのどちらが正しいか、そう簡単に答えは出ないかもし
れませんが、しかし一つのことは確実だと思うのです。イラク戦
争の最中に、われわれはテレビのニュースを通して、しばしばバ
グダッド市街の航空写真を見せられましたが、岡真理という人が
アフガン戦争に関連して述べていますように、あの航空写真とい
うのは空爆を加えるパイロットの視点から見られた画像に限りな
く近いものです。その視点からは、その下で暮らしている市民の
生活は、ましてや空爆を受けて傷つき苦しむ市民の姿は、見えよ
うがないのです。遠隔地から最新のテクノロジーを用いて、ピン

ポイント攻撃の作戦を練る、アメリカ軍の参謀本部やホワイトハウスの視点は、空爆を加えるパイロットの視点と重なり合っていたでしょうが、神がわれわれ人間を見る視点ははたしてそれと同一でしょうか。神の視点に人間は実際には立つことができませんが、もし立てるとしたらはたしてその視点からは、今日の世界はどのように見えるでしょうか。

　かつてウィンスロップは、キリスト教共同体として繁栄することのできる唯一の途は、「ただ公義をおこない、いつくしみを愛し、へりくだってわれらの神とともに歩むこと」であると言い、そのためには「兄弟のいつくしみをもってたがいにもてなし、必要以上のもちものをさいて、他人の必要をみたさねばならぬ。柔和、やさしさ、寛大をもって、親しき交わりを保つべきである」と説きましたが、いまのアメリカにそのようなキリスト教的慈愛の精神が脈打っているでしょうか。アメリカと「正義」を同一視しているブッシュ大統領に、神の超越性と人間の有限性を認識すべしと訴えたリンカーン大統領の、あのような真に敬虔な視点がはたしてあるでしょうか。

　ロバート・N・ベラーは『善い社会』のなかで、今日のアメリカには「宗教的洞察と道徳的説得を頼みとする、かつてのラインホールド・ニーバーのような『自認の指導者』」が一人も見出せないと述べていますが、そのニーバーは終生、アメリカの世界的使命感（アメリカのメシアニズム）に潜む「傲慢」と「自己満足」の罪を厳しく戒め、宗教的な「謙遜のセンス」（a sense of humility）をもつ必要性を繰り返し説きました。例えば、『アメリカ史のアイロニー』のなかでこう述べています。

　　正義を過信しすぎるとつねに不正義を招く〔……〕。人間や国家

が「自らの訴訟の裁判官になる」かぎり、相手方の利害よりも自分自身の利害により敏感になってしまうという人間的弱点を必ずさらけ出すものである。それゆえ、いわゆる「正しい」人間や国家は、自らの道徳的偽善をあばかれるというアイロニーに容易に巻き込まれてしまう可能性がある。

　それゆえ、問題は今日のアメリカ合衆国に、とりわけブッシュ大統領に、南北戦争を指揮した第16代大統領が身をもって示し、またニーバーが強調してやまなかったような、「謙遜のセンス」があるかどうかということです。神に対する真の敬虔はこのような「謙遜のセンス」に伴われていなければなりません。信仰上の熱心さはしばしば非人道的なファナティシズムを生み出します。いわゆる「十字軍」的精神はその最たるものでしょう。しかしキリスト教信仰は、「汝の敵を愛せ」と説き、罪人のために自ら十字架にかかられた、あのナザレのイエスをわが救い主として信じる信仰です。世界の人々はいま、帝国化したアメリカ合衆国に過敏なまでに神経質になって、その一挙手一投足に注目しています。アメリカが「キリスト教国」を自認し、その大統領がキリスト教的正義の旗を高く掲げるならば、アメリカは自らの行動によって模範を示さなければならないでしょう。「山の上にある町は隠れることができない」のです。わたしたちクリスチャンの日々の歩みも、この世の人々にとって模範となるようなものでなければなりません。そのような生き方をすることは容易いことではありませんが、いずれにしてもわたしたちは、空爆を受けて傷つき苦しむイラクの人々の痛みや悲しみを共感できる人間でありたいものです。それではお祈りいたしましょう。

（2003年5月9日　聖学院大学全学礼拝奨励）

6. もし愛がなければ

「コリント人への第一の手紙」第13章1-3節：たといわたしが、
人々の言葉や御使たちの言葉を語っても、もし愛がなければ、わ
たしは、やかましい鐘や騒がしい鐃鉢と同じである。たといま
た、わたしに預言をする力があり、あらゆる奥義とあらゆる知識
とに通じていても、また、山を移すほどの強い信仰があっても、
もし愛がなければ、わたしは無に等しい。たといまた、わたしが
自分の全財産を人に施しても、また、自分のからだを焼かれるた
めに渡しても、もし愛がなければ、いっさいは無益である。

　パウロのこの聖句は、わたしが耳にした最初の聖書の言葉だっ
たように思います。早朝のラジオ番組カトリックアワー「心のとも
しび」の冒頭に、「聖パウロ」（カトリックではこう呼ぶのが習わし
である）のこの言葉がいつも朗読されていました。小学4～6年生
の3年間、わたしはこの言葉を耳にしながら、毎朝食料品配達の
アルバイト（日当50円）に出掛けるのを常としていました。「もし
愛がなければ」という言葉は、小学生だった自分の胸に強くこだま
しました。「山を移すほどの信仰」とはどのようなものだろうか
と、自転車をこぎながらしばしば考えたりもしました。「心のとも
しび」というこの放送は、わたしが生まれた1952年に始まったもの
ので、京都の三条カトリック教会から発信されていました。あれか
ら約45年の歳月が流れ、山陰の片田舎の少年は、その後京都で10
年間の学生生活を送り、キリスト教に入信し、いま札幌の大学で
教鞭を執っています。現在奉職している北海学園大学は、1885
（明治18）年に設立された北海英語学校にまでその歴史を遡ります
が、4年制大学としてスタートしたのは奇しくも1952年のことで

す。ここには何かしら運命的なものを感じないでもありません。神の見えざる手がわたしをここにまで導いてきたのかもしれません。

さて、イエスは「わたしがあなたがたを愛したように、あなたがたも互いに愛し合いなさい。人がその友のために自分の命を捨てること、これより大きな愛はない」（ヨハ15：12-13）と使徒たちに語っていますが、主から最も愛されたといわれる使徒ヨハネについて、次のような言い伝えがあります。ヨハネは高齢になって、弟子たちの手に支えられてかろうじて教会にやって来ても、もはや長いまとまりのある話ができなくなったとき、集会で常にただ次のように言った、「幼子たちよ、互いに愛し合いなさい」(Filioli diligite alterutrum [Kinderchen, liebt euch!])。最後には、そこにいた弟子たちや信徒たちが、いつも同じことを聞かされてうんざりして言った。「師よ、一体なぜいつもこうおっしゃるのですか？」。するとヨハネは、「それが師の命令だからです。そしてそれさえ実行されれば、それで十分だからです」、と (Hieronymus, *Commentaria in Epistolam ad Galatas* III 6 参照)。

キリスト教は高度に洗練された神学体系を作り上げましたが、キリスト教の精髄は、「ヨハネのテスタメント（遺言）」と称される、この愛の誠命に存しているといっても過言ではありません。山を動かすほどの信仰も、全財産を投げ出す慈善行為も、自分の生命を犠牲にする英雄的行為も、もし愛がなければ、すべて無益なのです。イエス・キリストの十字架の死は、自己犠牲的な神の愛（アガペー）を象徴するものですが、例えば、三浦綾子『塩狩峠』の主人公とその実在のモデルは、まさにかかる愛を実践しました。Imitatio Christi（キリストに倣いて）！　わたしもそれに倣う者となりたいと思います。

（2008年1月20日、「北海通信」No.3）

あとがき

　大学の教師として研究と教育に携わるようになってから、ほぼ35年の歳月が経過した。この間、盛岡大学を皮切りに、聖学院大学そして北海学園大学で主に教鞭をとってきたが、それ以外にも非常勤講師として、立教大学、国立音楽大学、福岡県立大学、京都大学、北海道大学でも教える機会を与えられた。担当した科目も哲学、キリスト教学、キリスト教概論、キリスト教思想史、ヨーロッパ文化概論、ヨーロッパ思想史、ヨーロッパ文化史、ドイツ近代思想、アメリカ社会論、米国文化論、人文学概論、大学史、宗教史学、哲学的人間学、聖書と英米文学、英語、ドイツ語などと、多岐にわたっている。こうした分野での研究と教育の成果は、何冊かの研究書と翻訳書に結晶しているが、その過程で語ったり書いたりしたエッセーの類いも、結構な量になっている。それぞれの文章は、一冊の書物になることを想定して書かれたものではなく、そのときどきの断想や感慨を文字にしたものである。だが、それらを一書にまとめてみると、自らの歩みが紆余曲折に満ちていながらも、一筋の道としてつながっていることが確認できる。

　第Ⅰ部と第Ⅱ部はいわゆる随筆であるが、そのなかでも一般的なテーマを扱ったものを「おりふしの記」として第Ⅰ部にまとめ、自分の人生に深くかかわるものを「エッセー・ビオグラフィック」として第Ⅱ部に配置した。

　第Ⅲ部は、筆者の人生において重要な幾人かの人との出会いを回顧したエッセーを収録している。つまり回想にあたる部分であ

る。恩師やお世話になった方々に思いを馳せるとき、自分の人生がいかに多くの人々の善意と親切によって支えられてきたかが確認できる。自分の人生でありながらも、われわれは自分一人でそれを形づくることはできず、そこには多くの人々との出会いや触れ合いがともに作用している。

第Ⅳ部は、学長に就任する前後から、同僚ならびに学生に対して公に語ったこと、あるいは北海学園大学についての抱負を述べたものである。大津和多理や浅羽靖に由来する「大志（lofty ambitions）の系譜」を継承して、21世紀を先導するパイオニアたちを産み出す大学をいかにつくりあげるか。これが自らに課せられた責務であると深く自覚している。

末尾に補遺として、前任校（聖学院大学）の全学礼拝において行った奨励の幾つかを収録した（ただし、最後のものは紙上での奨励である）。大学のチャペル講話なので、キリスト教入門の性格が強いが、わたし自身の信仰観・人生観・世界観の表白となっているので、補遺として本書に含めることにした。

山陰の小邑に生を享けた一人の人間が、数奇な運命の糸に導かれて、京都、ナッシュビル、ゲッティンゲン、東京、盛岡、札幌と漂泊の人生行路を歩み、最終的に北海道を終焉の地に定めたが、自分の人生を振り返ってみれば、一般的にそう思われているような順風満帆な歩みでは決してない。むしろ逆風に弄ばれたジグザグの路程であった。しかし偶然と奇跡が幾重にも重なって、祖父母が無念の涙であとにした北海道の地で、現在のようなポストについている。まさに「つむじ風に巻き上げられて」という聖書的心象がぴったりくる。

個人情報保護の観点から、もともとの文書では実名になっていた箇所を匿名にしたところがあるが、すべてを匿名にすると伝記

は成り立たないので、すでに鬼籍に入っている方々については、匿名にせず実名のままにしている。文体に関しては、あえて全体の統一を図らず、初出における「である」調と「です・ます」調をそのままにしている。多少の不統一感は否めないが、これも致し方ないものとご了承願いたい。

　なお、本書に収録するに際して、初出原稿に若干の加筆修正を施した部分もあるが、いずれもきわめて軽微な化粧直しの範囲内にとどまっている。それぞれの文書の成立年代を明示するために、末尾に初出情報を記載しておいた。若干の異同についてはご寛恕願いたい。

令和３年　仲夏の候

学長執務室にて

著者プロフィール

安酸　敏眞（やすかた・としまさ）

　1952 年鳥取県生まれ。京都大学大学院博士課程およびヴァンダービルト大学大学院博士課程修了。現在、学校法人北海学園理事長、北海学園大学学長。Ph.D.、京都大学博士（文学）。〔著書〕*Ernst Troeltsch* (Scholars Press, 1986; Oxford University Press, 2000)、『レッシングとドイツ啓蒙』（創文社、1998 年）、『歴史と探求』（聖学院大学出版会、2001 年）、*Lessing's Philosophy of Religion and the German Enlightenment* (Oxford University Press, 2002)、『歴史と解釈学』（知泉書館、2012 年）、『人文学概論』（知泉書館、2014 年：増補改訂版、2018 年）、『欧米留学の原風景』（知泉書館、2016 年）、『キリスト教思想史の隠れた水脈』（知泉書館、2020 年）など。〔訳書〕トレルチ『信仰論』（教文館、1997 年）、F・W・グラーフ『トレルチとドイツ文化プロテスタンティズム』（共訳、聖学院大学出版会、2001 年）、K・バルト『十九世紀のプロテスタント神学（中・下巻）』（共訳、新教出版社、2006-2007 年）、A・ベーク『解釈学と批判』（知泉書館、2014 年）、F・W・グラーフ編『キリスト教の主要神学者（下）』（共訳、教文館、2014 年）、シュライアマハー『『キリスト教信仰』の弁証』（知泉書館、2015 年）、F・W・グラーフ『真理の多形性』（共訳、北海学園大学出版会、2020 年）、シュライアマハー『キリスト教信仰』（教文館、2020 年）など。

つむじ風に巻き上げられて

2021 年 9 月 28 日　初版第 1 刷発行

著　　者　安酸　敏眞

発　行　所　株式会社共同文化社

　　　　　〒060-0033　札幌市中央区北 3 条東 5 丁目
　　　　　Tel 011-251-8078　Fax 011-232-8228
　　　　　E-mail info@kyodo-bunkasha.net
　　　　　URL https://www.kyodo-bunkasha.net/

印刷・製本　株式会社アイワード